AF464179

LE TOUR DE FRANCE 1907

DU MÊME AUTEUR

"Le Secret de Choppy" 0.30

Méthode d'Entrainement.

(En vente à la Librairie de "*L'Auto*" et à la Maison **LABOR**
23, Avenue du Roule (Neuilly-s/-Seine).

LE TOUR DE FRANCE 1907

Lettres à mon Directeur

par *ALPHONSE BAUGÉ*

ILLUSTRATIONS DE GONZAGUE-PRIVAT

Coureur du "Tour de France"

1908

A LA LIBRAIRIE DE "L'AUTO"

10, Rue du Faubourg-Montmartre

PARIS

AVANT-PROPOS

Le 4 novembre 1900, à 10 heures du soir, une bande joyeuse envahissait la brasserie de l'Excelsior, avenue de la Grande-Armée, et s'installait bruyamment aux tables voisines de celle que j'occupais.

Le maître d'hôtel s'empressait aussitôt et, deux minutes après, le champagne coulait à pleins bords dans les coupes de cristal.

L'un des nouveaux venus me reconnut et vint me serrer la main.

— Vous ne vous ennuyez pas, dites donc ! C'est grande fête aujourd'hui ? En l'honneur de qui ?

— Comment ? Vous ne devinez pas ?

— Ma foi, non.

— C'est vrai ! Vous êtes un profane ! Nous célébrons, ce soir, la victoire d'Alphonse Baugé, champion de France et recordman du monde, qui a

battu, aujourd'hui, sur le vélodrome du Parc des Princes, tous les records du monde, depuis un kilomètre jusqu'à cent milles ! (160 kilom. 900). Une date dans les annales du cyclisme !

— Et il est là, le vainqueur ?

— Mais oui, vous voulez le connaître ?

— Volontiers.

Mon interlocuteur prononça mon nom, et aussitôt un grand jeune homme, à l'allure de gentleman, ganté de frais et coiffé d'un impeccable huit-reflets, venait courtoisement m'inviter à prendre place auprès de lui.

C'était Alphonse Baugé.

La conversation s'engagea, et la première impression que j'éprouvai, en l'écoutant, fut une sensation d'étonnement, presque de stupéfaction.

J'avais peu fréquenté jusqu'alors les milieux sportifs, et l'idée que je me faisais d'un coureur professionnel s'accordait mal avec ce que je voyais et ce que j'entendais.

J'avais devant moi un garçon élégant, spirituel, gai et bon enfant. Il me raconta ses débuts avec un entrain charmant et, au bout d'une demi-heure, je savais au prix de quels efforts héroïques il avait pu accomplir l'exploit qui venait de révolutionner le monde sportif.

Je considérais avec curiosité cet œil vif, ce teint frais, cette allure désinvolte, qui ne révélait aucune lassitude

— Comment ? Vous avez fait cette après-midi cent soixante kilomètres à un train d'enfer, et vous ne ressentez aucune fatigue ?

— Pas la moindre ! Je suis frais comme l'œil et tout prêt à recommencer.

Il sourit et se penchant à mon oreille :

— Ne vous étonnez pas, ajouta-t-il, c'est le résultat de mon entraînement, une méthode admirable dont j'ai le secret. Le tout est d'avoir l'énergie de s'y soumettre. Croyez-moi, pour quiconque possède les aptitudes indispensables, la course de fond n'est au surplus qu'un sport de volonté.

A son tour, il m'interrogea, et je dus avouer ma complete ignorance.Je ne savais même pas monter à bicyclette !

Une seule fois, au cours d'une villégiature à Spa, à l'instigation d'un de mes amis, fervent de la pédale, j'avais voulu commencer mon apprentissage.

Au bout d'un quart d'heure de laborieux essais, je roulais à pleine vitesse sur l'allée du Marteau ; mais l'intervention malencontreuse d'un des gros arbres qui bordent l'avenue avait déterminé une catastrophe en nous séparant brusquement, ma bécane et moi.

Des croupiers du cercle ramassèrent ma bicyclette indemne, mais durent me relever et me ramener, chez moi, le front fendu !

Cette expérience m'avait dégoûté et je m'en étais tenu, dès lors, à mon sport favori, l'équitation.

— Si vous voulez, me dit obligeamment Baugé, nous sortirons ensemble. Avec moi, vous ne courrez aucun risque, mais nous ne ferons pas d'emballage pour la première fois.

Et quelques jours plus tard, en effet, j'effectuais avec lui ma première sortie, et nous allions très sagement boire un porto au Chalet du Cycle.

Telle fut ma première rencontre avec Alphonse Baugé, et de cette soirée date une amitié qui ne s'est jamais démentie.

C'est que de jour en jour j'apprenais à connaître et à apprécier davantage les qualités de ce garçon actif et débrouillard.

Grâce à lui, je me suis pris à aimer le sport cycliste, dont l'extension est devenu si considérable.

J'ai suivi avec un étonnement passionné ces épreuves qui révélaient au monde des énergies invraisemblables : les courses Paris-Brest, Bordeaux-Paris, Paris-Roubaix.

Mais j'avoue que l'idée géniale que conçut, en 1903, M. H. Desgrange, d'organiser le Tour de France annuel força mon admiration.

Je comprenais l'importance capitale de cette épreuve formidable tant au point de vue sportif qu'au point de vue commercial, mais quels hommes pouvaient se sentir l'audace de l'affronter et l'endurance suffisante pour la mener à bien ?

Le succès triomphal de cette entreprise m'émerveilla, mais au prix de quelles luttes et de quelles fatigues les vainqueurs achetaient-ils leur victoire ?

C'est encore à Alphonse Baugé qu'il était réservé de me renseigner sur ce point.

Baugé qui, couronné de gloire, a abandonné la piste, a consacré désormais son expérience au service de ceux qui débutent dans la carrière.

Journaliste sportif, il a dévoilé tout dernièrement, dans une substantielle brochure, intitulée : Le Secret de Choppy, *la merveilleuse méthode d'entraînement à laquelle il a dû ses succès de jadis.*

C'est le bréviaire du coureur et les conseils qu'il renferme, suivis strictement par les commençants, nous promettent dans l'avenir une génération de champions hors de pair.

Puis il est devenu directeur sportif de la marque « Labor ». M. Maurice de Clèves, le jeune et très intelligent fondateur de cette importante maison, a deviné en lui l' « entraîneur » idéal, l'homme le plus « qualifié » pour deviner les aptitudes des « prodiges » et les amener, grâce à ses soins constants, à une impeccable performance.

C'est donc lui qu'il a chargé de former sa troupe et de la conduire au combat.

Il faut voir avec quel soin rigoureux Baugé s'acquitte de cette tâche ingrate de choisir, parmi cinq cents candidats, les élus qui tenteront de mener à la victoire la casaque orange de la maison Labor ; avec quelle sollicitude il les prépare à la lutte ; avec quelle tendresse il les soigne et les dorlote à chaque étape de la redoutable randonnée !

De tous ces détails, je n'aurais pas la moindre idée, si Baugé n'avait eu l'excellente inspiration de me communiquer les lettres quotidiennes, écrites à son directeur, pendant le Tour de France de 1907.

J'ai lu avec ravissement ces comptes-rendus, tracés, la plupart du temps, à la hâte, sur un coin de table de café, au soir d'une journée éreintante.

Baugé n'est pas seulement un journaliste sportif avisé, c'est aussi un humoriste charmant, et ces lettres, écrites sans prétention, au courant de la plume, uniquement dans le but de renseigner son directeur, sont amusantes au possible, pleines d'anecdotes et sans monotonie.

En les lisant, on comprend l'intérêt puissant qui s'attache à l'exploit qu'accomplissent ces héros de la route. On se sent rempli de pitié pour ces pauvres « déshérités », qui suivent la course pour l'amour de l'art, à leurs risques et périls, sans soigneurs, souvent sans argent, n'ayant pas même l'espoir de décrocher la timbale, poussés uniquement par le désir de pouvoir dire avec orgueil en rentrant chez eux :

— Moi aussi, j'en étais ! Et j'ai fait les cinq mille kilomètres du Tour de France !

On admire l'effort surhumain de ces hommes au jarret d'acier qui, parfois blessés, escaladent en plein soleil des rampes formidables, les vingt et un kilomètres de côte du col de Porte, à une allure telle que les automobiles ne peuvent les suivre !

J'ai félicité Baugé et je l'ai poussé à ne pas garder pour lui ces impressions si attachantes ; je l'ai déterminé, bien que sa modestie s'y refusât tout d'abord, à les communiquer à tous ceux qui, comme moi, s'intéressent à ces prouesses sportives et c'est ainsi qu'il offre au public, aujourd'hui, ces pages qui seront lues et appréciées certainement comme elles le méritent par tous les fervents de la course sur route.

Un jeune champion qui s'est déjà fait un nom et qui défendra, en 1908, les couleurs de la marque Labor, Gonzague Privat, se trouve être aussi un dessinateur plein de verve et de talent.

Il a illustré le livre de Baugé de quelques pochades humoristiques, remplies d'esprit, et je suis sûr d'avance du succès qu'obtiendra dans tous les milieux sportifs une publication aussi attachante, dont je suis heureux d'être le parrain.

Baugé, que j'ai convaincu avec tant de peine, n'a pas voulu être en reste avec moi.

Comme je lui exprimais le regret que j'éprouvais, après l'avoir lu, de ne pouvoir assister comme lui, chaque année, à une aussi sensationnelle randonnée à travers monts et plaines, et en suivre les péripéties imprévues :

— Qui vous empêche de nous accompagner en juillet prochain ? me demanda-t-il brusquement.

— Hélas ! je n'ai aucune disposition pour devenir coureur ! Et vous suivre en chemin de fer, ce ne serait pas la même chose !

— Mais pas du tout ! Si vous voulez, nous ferons route ensemble et vous aurez une place en automobile !

— Vraiment ?

— C'est promis !

— Alors, j'accepte, mon cher Baugé, et avec reconnaissance ! Mais ne vous avisez jamais de vous plaindre ! Si je vous embarrasse de ma personne, c'est la faute à votre livre !

Oscar MÉTÉNIER.

Alphonse BAUGÉ

Le "Tour de France" depuis sa création

1re Année (1903)

La création du "Tour de France" est l'œuvre d'Henri Desgrange, directeur de *L'Auto*.

Il se disputa pour la première fois en 1903, sans entraîneurs, du départ à l'arrivée. Le parcours ne comprenait, que les six étapes suivantes :

Paris - Lyon — Lyon - Marseille — Marseille - Toulouse — Toulouse - Bordeaux — Bordeaux-Nantes et **Nantes-Paris.**

Soixante coureurs se rangèrent sous les ordres du starter Abran, à Villeneuve-St-Georges (près Paris).

Aucouturier, Maurice Garin, Muller, Jean Fischer, Augereau, étaient les favoris.

Le classement aux étapes donna les résultats suivants :

1re Étape : PARIS-LYON.

1er MAURICE GARIN. — 2e Pagie, etc.

2e Étape : LYON-MARSEILLE.

1er AUCOUTURIER — 2e Léon Georget — 3e Brange — 4e Maurice Garin, etc.

3e Étape : MARSEILLE-TOULOUSE.

1er BRANGE — 2e Samson — 3e Maurice Garin — 4e Lucien Pothier.

4e Étape : TOULOUSE-BORDEAUX.

1er SAMSON — 2e Maurice Garin 3e Léon Georget — 4e Muller.

5e Étape : BORDEAUX-NANTES.

1er MAURICE GARIN — 2e Lucien Pothier — 3e Pasquier.

6e Étape : NANTES-PARIS.

1er MAURICE GARIN — 2e Augereau — 3e Samson — 4e Jean Fischer.

Le *classement général*, par addition de temps de chacun, assure la victoire à MAURICE GARIN.

2me Année (1904)

Le "Tour de France" se disputa sur le même itinéraire que l'année précédente.

88 coureurs, au départ, parmi lesquels on remarquait Maurice Garin, Aucouturier, Lucien Pothier, Cornet, Dortignacq, etc.

Le classement aux étapes s'établit comme suit :

1re Étape : PARIS-LYON.

1er Maurice Garin — 2e Lucien Pothier.

2e Étape : LYON-MARSEILLE.

1er Aucouturier — 2e César Garin — 3e Lucien Pothier — 4e Maurice Garin.

3e Étape : MARSEILLE-TOULOUSE.

1er Aucouturier — 2e Cornet.

4e Étape : TOULOUSE-BORDEAUX.

1er Lucien Pothier — 2e César Garin — 3e Beaugendre — 4e Maurice Garin.

5e Étape : BORDEAUX-NANTES.

1er Aucouturier — 2e Dortignacq — 3e César Garin — 4e Cornet.

6e Étape : NANTES-PARIS.

1er AUCOUTURIER — 2e Maurice Garin — 3e Dortignacq.

Le *classement général* s'établit comme suit :

1er MAURICE GARIN — 2e Lucien Pothier — 3e César Garin — 4e Aucouturier — 5e Cornet.

Quelques semaines plus tard, à la suite de réclamations déposées, l'Union Vélocipédique de France fit une enquête sérieuse, qui amena la mise hors de course des quatre premiers.

CORNET fut alors déclaré vainqueur du " Tour de France " 1904.

3me Année (1905)

Le succès du "Tour de France" étant désormais assuré, Henri Desgrange n'hésita pas à lui donner encore une plus grande envergure en remaniant complètement l'itinéraire.

Cette fois, l'épreuve comportait onze étapes :

Paris-Nancy — Nancy-Besançon — Besançon-Grenoble — Grenoble-Toulon — Toulon-Nîmes — Nîmes-Toulouse — Toulouse-Bordeaux — Bordeaux-La Rochelle — La Rochelle-Rennes — Rennes-Caen et **Caen-Paris.**

Georges Abran, le doyen des "starter", donna le départ à 78 coureurs, à Noisy-le-Grand. Parmi les favoris, on remarquait : Louis Trousselier, Aucouturier, Lucien Pothier, Cornet, Dortignacq, Émile Georget, Petit-Breton, etc.

Le classement aux étapes s'établit ainsi :

1re Étape : PARIS-NANCY.

1er Louis Trousselier — 2e Dortignacq.

2e Étape : NANCY-BESANÇON.

1er Aucouturier — 2e René Pottier.

3e Étape : BESANÇON-GRENOBLE.

1er Louis Trousselier.

(Le célèbre et regretté routier René Pottier, victime d'un accident, abandonna pendant le cours de cette étape).

4e Étape : GRENOBLE-TOULON.

1er AUCOUTURIER

(Cornet, gagnant du Tour de France 1904, abandonna dans cette étape).

5e Étape : TOULON-NIMES.

1er LOUIS TROUSSELIER.

6e Étape : NIMES-TOULOUSE.

1er DORTIGNACQ 2e Louis Trousselier.

7e Étape : TOULOUSE-BORDEAUX.

1er LOUIS TROUSSELIER.

8e Étape : BORDEAUX-LA ROCHELLE.

1er AUCOUTURIER — 2e Petit-Breton.

9e Étape : LA ROCHELLE-RENNES.

1er LOUIS TROUSSELIER.

10e Étape : RENNES-CAEN.

1er PETIT-BRETON — 2e Dortignacq.

11e Étape : CAEN-PARIS.

1er PETIT-BRETON — 2e Dortignacq.

Le *classement général* fut le suivant :

1er LOUIS TROUSSELIER — 2e Aucouturier — 3e Dortignacq — 4e Émile Georget — 5e Petit-Breton — 6e Ringeval.

4me Année (1906)

Désormais, le triomphe du "Tour de France" s'affirmait, incontestable. Cependant son créateur, Henri Desgrange, n'était pas encore complètement satisfait. Inlassable, une fois de plus, il en remaniait l'itinéraire en 1906, et la colossale épreuve comporta alors treize étapes, au cours desquelles les coureurs franchirent les frontières allemande, suisse, italienne et espagnole.

En outre, on créa une catégorie spéciale de "machines poinçonnées", et les entraîneurs furent autorisés dans une partie de la première étape, ainsi que dans une partie de la dernière.

Les étapes furent établies comme suit :

Paris-Lille — Lille-Nancy — Nancy-Dijon — Dijon-Grenoble — Grenoble-Nice — Nice-La Turbie-Marseille — Marseille-Toulouse — Toulouse-Bayonne — Bayonne-Bordeaux — Bordeaux-Nantes — Nantes-Brest — Brest-Caen et **Caen-Paris.**

Le départ fut donné à 76 concurrents, au vélodrome Buffalo. Évidemment, G. Abran "startait" les "Tour de France" pour la quatrième fois. Les favoris étaient nombreux. On remarquait, en effet : René Pottier, L. Trousselier, Marcel Cadolle, Petit-Breton, Dortignacq, Aucouturier, les frères Georget, etc.

Le classement aux étapes donna les résultats suivants :

1re Étape : PARIS-LILLE.

1er Émile Georget — 2e Passerieu — 3e Trousselier — 4e Petit-Breton, etc.

2e Étape : LILLE-NANCY.

1er René Pottier — 2e Petit-Breton — 3e Decaup.

3e Étape : NANCY-DIJON.

1er René Pottier — 2e G. Passerieu.

(Au cours de cette étape, René Pottier avait lâché tous ses concurrents dans la fameuse côte du Ballon d'Alsace et était arrivé seul, à Dijon, en avance de près d'une heure sur le second, G. Passerieu).

4e Étape : DIJON-GRENOBLE.

1er René Pottier.

5e Étape : GRENOBLE-NICE.

1er René Pottier.

6e Étape : NICE-LA TURBIE-MARSEILLE.

1er G. Passerieu — 2e René Pottier.

7e Étape : MARSEILLE-TOULOUSE.

1er Louis Trousselier — 2e Passerieu — 3e Petit-Breton.

8e Étape : TOULOUSE-BAYONNE.

1er DORTIGNACQ.

(Trousselier, arrivé premier, était déclassé pour avoir changé de bicyclette à un endroit non autorisé par le règlement).

9e Étape : BAYONNE-BORDEAUX.

1er L. TROUSSELIER.

10e Étape : BORDEAUX-NANTES.

1er L. TROUSSELIER.

11e Étape : NANTES-BREST.

1er L. TROUSSELIER.

12e Étape : BREST-CAEN.

1er G. PASSERIEU — 2e René Pottier — 3e L. Trousselier.

13e Étape : CAEN-PARIS.

1er RENÉ POTTIER — 2e G. Passerieu.

Le *classement général* s'établit ainsi :

1er RENÉ POTTIER — 2e G. Passerieu — 3e L. Trousselier — 4e Petit-Breton — 5e Émile Georget, etc.

La catégorie des *machines poinçonnées*, revint à PETIT-BRETON.

5me Année (1907)

Le règlement du "Tour de France" 1907, fut sensiblement le même que celui de 1906. L'itinéraire et le classement par addition de points seuls subirent quelques modifications.

Le parcours de la grande épreuve, touchait à tous les points extrêmes de la France. Il comportait quatorze étapes d'une longueur à peu près égale.

Il se disputa avec entraineurs pendant une partie de la première étape et une partie de la dernière.

Comme l'année précédente, il y figurait aussi une catégorie de machines poinçonnées.

Les étapes étaient les suivantes :

Paris-Roubaix — Roubaix-Metz — Metz-Belfort — Belfort-Lyon — Lyon-Genève-Grenoble — Grenoble-Nice — Nice-Nîmes — Nîmes-Toulouse — Toulouse-Bayonne — Bayonne-Bordeaux — Bordeaux-Nantes — Nantes-Brest — Brest-Caen et **Caen-Paris.**

Le 5 Juillet, l'éternel starter G. Abran donnait le départ à 93 coureurs, au Pont-Bineau, près de l'Ile de la Grande-Jatte, à Courbevoie.

Parmi les favoris, on remarquait : L. Trousselier, les frères Georget, Marcel Cadolle, Van Houwaërt, Petit-Breton, Garrigou, Passerieu, Cornet, etc.

Le classement aux étapes fut le suivant :

1re Étape : PARIS-ROUBAIX.

1er L. TROUSSELIER — 2e Marcel Cadolle — 3e Léon Georget — 4e Petit-Breton.

2e Étape : ROUBAIX-METZ.

1er ÉMILE GEORGET et L. TROUSSELIER, *dead-heat* — 2e Petit-Breton — 3e Cadolle.

3e Étape : METZ-BELFORT.

1er ÉMILE GEORGET — 2e Lignon — 3e Faber.

4e Étape : BELFORT-LYON.

1er MARCEL CADOLLE — 2e Émile Georget — 3e Ganna.

5e Étape : LYON-GENÈVE-GRENOBLE.

1er ÉMILE GEORGET — 2e Faber — 3e Ganna.

6e Étape : GRENOBLE-NICE.

1er G. PASSERIEU — 2e Émile Georget — 3e Petit-Breton.

7e Étape : NICE-NIMES.

1er ÉMILE GEORGET — 2e Petit-Breton.

(A l'arrivée de cette étape, Marcel Cadolle fit une chute terrible qui le mit hors de combat).

8e Étape : NIMES-TOULOUSE.

1er ÉMILE GEORGET.

9e Étape : TOULOUSE-BAYONNE.

1er PETIT-BRETON, avec 23 minutes d'avance sur le second G Passerieu.

10e Étape : BAYONNE-BORDEAUX.

1er GARRIGOU — 2e Petit-Breton — 3e Émile Georget.

11e Étape : BORDEAUX-NANTES.

1er PETIT-BRETON — 2e Garrigou.

12e Étape : NANTES-BREST.

1er GARRIGOU — 2e Petit-Breton — 3e Émile Georget.

13e Étape : BREST-CAEN.

1er ÉMILE GEORGET — 2e Petit-Breton.

14e Étape : CAEN-PARIS.

1er G. PASSERIEU — 2e Émile Georget — 3e Petit-Breton — 4e Ringeval.

Le **classement général :**

1er PETIT-BRETON — 2e Garrigou — 3e Émile Georget 4e Passerieu — 5e Beaugendre — 6e Pavesi — 7e Faber — 8e Ringeval, etc.

(Émile Georget, qui tenait la tête du classement général à Bayonne, fut déclassé et mis au dernier rang de l'étape Toulouse-Bayonne, pour avoir

changé de bicyclette avec un de ses concurrents au cours de cette étape).

Petit-Breton s'adjugea aussi la première place de la catégorie des *machines poinçonnées.*

Je terminerai ce rapide historique des cinq " Tour de France ", en souhaitant que comme ses devancières, la sixième épreuve du " Tour de France " 1908, connaisse le succès que mérite son créateur, Henri Desgrange, ainsi que tous les vaillants champions de la route qui y participeront.

Alph. BAUGÉ.

La Mode Cycliste
en 1908

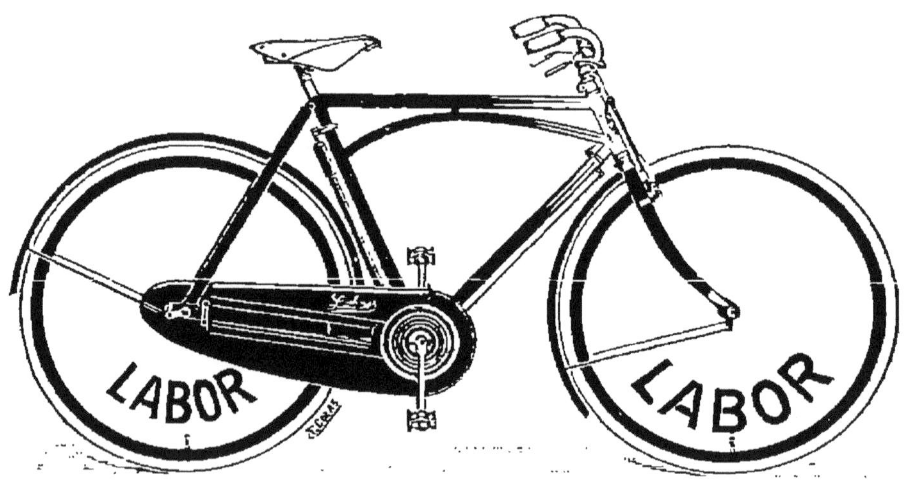

La Bicyclette LABOR équipée à l'anglaise.

Cycles LABOR
MAURICE DE CLÈVES, 23, Avenue du Roule, Neuilly-sur-Seine

Tous. — *L'Écho des Sports !... L'Écho des Sports !...*

Là Vendeuse. — C'est réglé ! Tous les jeudis .. je prends la suée !

LETTRES A MON DIRECTEUR

I

Roubaix, 8 juillet 1907.

A l'Hôtel Moderne,
Dans mon lit.
(10 heures 1/2 soir).

MON CHER DIRECTEUR,

2, *3*, *4*, *5*, *6*, *63*, arrivés tous très frais et pleins d'entrain. Le *1*, Wattelier, abandonné à Arras, fatigué, vidé, *pompé*, *loupé*, suivant sa pittoresque expression. Voilà brutalement le bilan de la première étape.

L'Auto vous donnera le classement exact de chacun. Seules de multiples crevaisons ont sérieusement handicapé nos hommes ; mais tous, sans exception, ont été à la hauteur de leur tâche.

A 4 heures, ils étaient à Roubaix. A 5 heures 30, ils reposaient à l'Hôtel Moderne, resplendissants de santé. A 6 heures 30, ils dévoraient mon menu, sous mon œil vigilant ! A 8 heures 30, tous étaient couchés. A 9 heures, un brillant massage de Lavaud les avait remis d'aplomb et maintenant ils dorment à poings fermés.

Le *2*, Ringeval, est toujours le Ringeval de Bordeaux-Paris. C'est tout dire.

Le *3*, Pothier, est transformé. Le régime en serait-il la cause ?

Le *6*, Faure, malgré une chute terrible qu'il fît à Mériel-sur-Oise, a fini courageusement.

Le *4*, Faber, se comporte brillamment. Il est un peu navré que je lui interdise formellement le Saint-Emilion 72 ou la piquette 1907.

— « Un bon coup de « picton », dit-il, il n'y a que ça de vrai pour vous refaire un homme. »

Moi, pour l'instant, je lui refais le caractère.

Chacun *refait* ce qu'il peut !

Le *63*, Maitron, est un petit bonhomme qui me paraît posséder une grande qualité. Il le prouvera, j'en suis absolument certain.

Quant au *5*, votre protégé Ménager, il est digne de la confiance que vous aviez en lui ; le plus bel éloge qu'on puisse en faire est la place qu'il occupe à l'arrivée de cette première étape : n'est-il pas troisième des poinçonnées et premier du team *Labor* ?

A vrai dire, il me paraît un peu fragile, mais en revanche il a du cœur, beaucoup de cœur. Et ça me plaît à moi. J'aime bien les hommes qui se mettent à la besogne, « les bras retroussés ».

Wattelier n'existe plus. A franchement parler j'attendais cela et mieux vaut pour lui et aussi pour vous, qu'il ait repris ce soir le train pour Paris.

Teychenne, le Toulousain, est arrivé ce soir, à 9 heures 30. Il est venu me voir à l'hôtel et exigeait que je le prisse en subsistance comme les autres. Je suis resté sourd à sa demande, attendu que vous ne m'avez pas donné d'ordres à ce sujet. Personnellement, j'ose croire qu'il est impossible de nous tenir tous en éveil pour attendre ces retardataires, qui « s'amènent » tout bêtement six heures après les autres. Cependant, toujours dévoué à vos ordres, je ferai ce que vous jugerez convenable, si vous croyez qu'il y ait utilité — commercialement vis-à-vis de M. Miquel, votre agent de Toulouse — de s'occuper de cet inconséquent routier toulousain.

Le matériel est en bon état. Les « boyaux » *Dunlop* sont excellents, mais naturellement ne résistent pas aux clous et aux silex trop coupants.

Après-demain mercredi, à 2 heures 30 du matin, départ pour Metz. Le team *Labor* se mettra sous les ordres du starter avec des maillots blancs comme neige, puisqu'une blanchisseuse ultra-rapide me les rendra, demain soir, en état de neuf.

Les soigneurs sont dévoués et tous à la « hauteur ». En résumé, tout va bien. Je vais donc cacheter cette lettre avec une avalanche de poignées de main, car sans boniment, j'ai, je vous le jure, une furieuse envie de dormir.

P. S. — J'ai eu le plaisir de faire la connaissance de votre représentant ici, M. Truffaut. C'est un homme charmant, doublé d'un sportsman convaincu, qui s'intéressera beaucoup aux prouesses de nos coureurs, pendant le « Tour de France ».

II

Roubaix, 9 juillet 1907.

Mon Journal (2e édition).
Terrasse du Café Faraille,
(10 heures soir).

MON CHER DIRECTEUR,

Enfin seul ! En disant seul, j'exagère un peu, puisque, près de moi, mon vaillant et bon ami Brett déguste tranquillement un délicieux café, tandis que je me hâte de vous écrire cette seconde lettre.

Déjà, Brett manifeste le désir d'aller se reposer, étant obligé de partir de très bonne heure demain matin, pour visiter tous vos agents du Nord.

Cet homme-là est inlassable. Il est d'une activité sans pareille, ne perd pas une minute et, je ne m'étonne plus maintenant qu'il vende des milliers de bicyclettes *Labor* dans la saison, aussi facilement que les boulangers vendent des petits pains.

Mais, revenons à nos « Tour de France », et laissez-moi vous dire quelle est ma joie, en songeant que toutes les dispositions sont prises pour l'étape de cette nuit. Tout est réglé et bien réglé... J'en suis fort aise !

Vous connaissez mon état d'âme et vous savez aussi quelle satisfaction personnelle j'éprouve quand nous obtenons un résultat. Or, ma confiance dans l'issue finale s'augmente encore quand je constate avec quelle docilité toute la troupe exécute fidèlement mes instructions.

L'étape de cette nuit a été laborieuse à organiser. Tout d'abord, à cause de la correspondance des trains pour envoyer les soigneurs rejoindre leur poste et surtout pour le passage des bagages à la douane. N'ayant pas le temps matériel de vous expliquer, ici, le travail fourni dans cette journée *dite de repos*, je vais quand même essayer de vous en donner un aperçu en style télégraphique :

Huit heures et demie du matin : réveil des coureurs.

Neuf heures : petit déjeuner, conforme au menu du secret de "Choppy".

Neuf heures et demie : promenade en ville, à pied, sous la conduite de votre directeur sportif.

Midi et demi : déjeuner des lions... de la *Labor ?*

Trois heures : les coureurs se rendent au contrôle pour le poinçonnage.

Quatre heures : les hommes se mettent en tenue de course, empilent leurs effets de ville dans les valises, qui sont bouclées et que M. Jeanne emporte à Metz à 4 heures 57, ainsi que tous les bagages qui ne peuvent être expédiés, puisqu'ils doivent être accompagnés pour la visite de la douane allemande.

— Quel « bouleau » ! dirait Ringeval.

Cinq heures et demie : les coureurs dînent, j'assiste au repas.

Six heures et demie : les hommes se couchent.

Fasse Morphée qu'ils rêvent à une victoire !

Côté des soigneurs : Cinq heures du matin ! Le mécanicien met toutes les bicyclettes en état. A 2 heures, ce travail est terminé. A 3 heures 51, Roche part pour Cambrai, assurer le ravitaillement à ce contrôle. A 4 heures 57, Lavaud prend le train pour Longwy (même service), et Borghesi le même train pour Mézières (même service).

Chacun d'eux a, sur un carnet spécial, les instructions les plus minutieuses et ceci après une conversation générale avec les coureurs, de manière à ce que personne n'aie rien à se reprocher à l'arrivée.

Et maintenant, Sacré B... D... ! (cliché directorial) je respire à pleins poumons. Nos hommes dorment, ravis, heureux, depuis longtemps déjà, tandis qu'à sept heures du soir des coureurs en renom, représentant des marques très célèbres, sirotaient des apéritifs — oui, Monsieur, des apéritifs ! — à la terrasse de chez Faraille.

Et dire que ce sont ceux-là qui nous ont f....u la volée hier ! ! ! C'est à désespérer de bien faire. Enfin, peut-être d'ici quelques jours nos efforts seront-ils récompensés, car si en agissant comme nous le faisons, la justice immanente des choses d'ici-bas (à la manière de Pierre Giffard) ne se manifeste pas, je n'y comprends plus rien, et à mon retour, carrément, je démissionne.

Faure, blessé comme je vous l'ai dit dans ma précédente lettre, ne peut continuer la course. Je l'ai conduit, ce matin, chez le médecin et ensuite chez le masseur ; l'un et l'autre m'ont conseillé de le rapatrier, attendu que la moindre imprudence pourrait entraîner pour lui des suites assez graves. Le pauvre garçon est navré. Il pleurait à chaudes larmes. Je l'ai consolé de mon mieux, en lui disant que vous ne lui garderiez certainement pas rancune de cet abandon forcé.

L'entêté Le Bars est arrivé ici hier au soir, sur une machine d'emprunt, ayant brisé la roue avant de la sienne, dans une chute, à 4 kilomètres du départ. L'infortuné breton est venu, ce matin, à l'hôtel me conter ses malheurs. J'ai tout dit pour essayer de lui faire comprendre qu'il n'avait aucun intérêt à continuer dans ces conditions, puisqu'il ne compte plus pour le classement des « poinçonnées ». Je me suis heurté à un entêtement farouche.

Alors, profitant de l'abandon de Faure, j'ai consenti à lui prêter la machine de ce dernier. Comme argument suprême, écoutez ce que m'a dit Le Bars : « Le Tour de France passe à Morlaix, il faut que je sois là. Sans quoi, là-bas !... je passerais pour un fumiste. » (*Sic*). C'est inénarrable !

Roume faisant aussi preuve d'une bonne volonté évidente, j'ai donné des instructions aux soigneurs pour le ravitailler dans la mesure du possible, si toutefois il ne passe trop tard dans les contrôles.

Le Bars, Roume et Teychenne seront donc logés à la même enseigne. A vrai dire, le Toulousain se montre d'une exigence démesurée. Il exige, en effet, que l'on s'occupe de lui, tout comme de Ringeval, prétendant que c'est M. Miquel, de Toulouse, qui l'a envoyé prendre part à cette course *sur l'ordre de la Maison Labor* ! D'autre part, il m'a raconté s'être arrêté *trois quarts d'heure* à Lille, en compagnie de Gauban, de Dargassies, le forgeron de Grisolles, et de l'aristocrate Pépin de Gontaud.

Ce dernier court le Tour de France, en véritable « touriste » ; mais, comme tout bon *millionnaire* qui se respecte, M. Pépin de Gontaud n'aime pas voyager seul, — même à bicyclette.

Alors, moyennant finance — à prix d'or, dit-on — il s'est assuré les services du joyeux colosse Dargassies et du dévoué Gauban, qui ne doivent pas l'abandonner un seul instant.

Dargassies appelle ça faire le « Tour » *à la Papa !*

Gauban, dont le sang méridional bout dans les veines, voudrait bien que, de temps à autre, *Monsieur Pépin* lui accorde l'autorisation de fuir avec le peloton de tête. Mais le « patron » ne veut rien savoir.

Monsieur Pépin participe au « Tour de France » pour « faire du Sport », en bourgeois, je dirais même en grand seigneur, et comme il paie grassement, il interdit formellement à ses aides toute tentative de lâchage ou de démarrage.

J'ai réglé ce soir ma note d'hôtel. L'addition est

respectable. Toutefois, j'ai constaté avec plaisir qu'on ne nous avait pas pris pour... *des Anglais !*

Je crois me rappeler que vous avez l'intention de venir nous voir à Belfort. Je vous y trouverai avec le plus grand plaisir, surtout si vous avez la bonne idée de m'apporter deux beaux billets de mille. Mon portefeuille est, en effet, sur la jante ! Déjà !...

Il est 11 heures et demie, je vais terminer notre conversation en vous priant d'excuser mon griffonnage. J'écris avec une plume qui n'en est pas une. Bonsoir donc, cher Directeur, croyez bien que je fais l'impossible pour vous donner pleine et entière satisfaction, et sachez aussi que je suis navré quand la guigne nous poursuit.

Mes amitiés en bloc à la famille « *Labor* », et à vous une cordiale poignée de main, à vous démantibuler l'épaule.

P.-S. — L'*Auto* a tout simplement oublié de noter Pothier dans les arrivées des poinçonnées. Ne craignez rien, il est classé ; d'ailleurs, ne vous tourmentez jamais, car j'ose vous dire que je pense absolument à tout.

A. RINGEVAL

Second de *Bordeaux-Paris* 1907
sur Bicyclette **LABOR**
(Pneus Dunlop).

III

Metz, 10 juillet 1907.

A l'Hôtel de France,
Toujours dans mon lit.
Minuit 50 (heure allemande).

MON CHER DIRECTEUR,

Quel interminable calvaire pour les « Tour de France » que cette étape Roubaix-Metz ! Il faut l'avoir suivie et vécue de bout en bout pour s'en rendre compte.

Une fois de plus, la guigne noire qui nous poursuit a terrassé nos deux « démons poinçonnés » qui s'appellent : Faber et Ménager. Le premier a « crevé » deux fois et, deux fois, seul, il a recollé au peloton de tête. Une troisième crevaison l'a mis encore hors de course à 20 kilomètres de Longwy, alors qu'il se baladait dans le groupe de tête en compagnie de Petit-Breton, Trousselier, Passérieu et Emile Georget. Cet homme-là a un coffre d'acier. Il arrive dans un état de fraîcheur invraisemblable.

Il m'a dit ce soir qu'il était absolument certain que s'il en « fourrait » ainsi (*sic*), c'était grâce au régime que je lui faisais suivre, ainsi qu'aux soins qu'on lui donnait dans les contrôles. Comme vous voyez, nous voici loin des idées qu'il avait lors de Bordeaux-Paris, alors que, en compagnie de son équipier Pothier, ils avaient, vous vous en souvenez, consommé pour *70 francs de supplément de vins fins* dans les quarante-huit heures passées sans moi à l'Hôtel des Américains à Bordeaux !

Je suis enchanté de cet état d'âme et plus encore de sa furia sur la route ; celui-là arrivera à Paris, sauf accident, et bien classé dans sa catégorie.

Ménager devient de plus en plus étonnant. Il est véritablement la révélation du « Tour » ; lui aussi marche merveilleusement et, chose essentielle, arrive toujours remarquablement frais.

Le brave gosse est second du classement général des poinçonnées. Et derrière qui, Monsieur ? Derrière Petit-Breton ! Derrière ce phénomène qui, durant 400 kilomètres place 150 démarrages à la Friol ! Derrière cet homme qui est arrivé ici, aujourd'hui, complètement « vidé », à tel point qu'il eut un éblouissement en descendant de machine et qu'il fallut l'emporter à l'hôtel, enveloppé dans des couvertures ! Quelle énergie ! C'est inconcevable !

Mais, quand même, à moins qu'un homme soit de fer, et je ne crois pas jusqu'à présent qu'on en trouve, il me semble impossible que le terrible Petit-Breton puisse résister à de tels efforts encore pendant douze étapes.

Alors ! s'il se tue à la tâche, voyez un peu si la partie devient belle pour nous, vu notre classement actuel qui ne peut aller qu'en s'améliorant.

Sans parti pris, il n'y a pas parmi les autres « Team » une équipe qui termine chaque étape dans un état de fraîcheur comparable à la nôtre. Et, ma foi ! c'est à considérer quand on songe qu'il reste encore *quatre mille* kilomètres à couvrir.

Malheureusement, Ringeval, mon enfant gâté, n'était pas dans un de ses bons jours. Il a terriblement souffert pour venir jusqu'ici.

— « Sans Maitron, m'a-t-il dit, qui a fait preuve envers moi d'un dévouement fraternel pendant 300 kilomètres, et aussi sans le spécial pour « rameur », je ne serais jamais arrivé à Metz... J'avais une telle « rame » que, seul, je l'avoue... j'aurais pris le train. »

Inutile de vous dire que j'ai réconforté par de bonnes paroles le brave « Tin-Tin », qui, bientôt remis de cette passagère défaillance, est maintenant bien décidé à rattraper le temps perdu, dans les prochaines étapes.

Quant à Maitron, ce qu'a dit Ringeval suffit à son éloge.

Pothier combat avec énergie, mais, comme je vous le disais il y a quelques jours, il est parti dans cette épreuve à court de travail et c'est tout simplement cela qui lui vaut le coup de « rame » de temps à autre. Malgré cela, il termine toujours assez bien placé et pas trop fatigué.

Durant tout le trajet, je les vois à l'ouvrage. Ils s'emploient tous avec ardeur, exécutent fidèlement mes instructions, et j'en suis presque fier de ces cinq enfants de la *Labor*. Aussi songez un peu si je les dorlote ! Seraient-ils mes gosses que je n'en ferais pas plus. Mais je suis bien certain qu'ils me récompenseront, car ils ont du *feu au cœur*, les gaillards et, tout bêtement, je m'imagine qu'ils m'aiment bien tous un peu, y compris particulièrement le terrible Faber. Dans ces conditions, si la guigne nous abandonne, je crois que nous ferons de la belle et bonne besogne.

Les deux régionaux Roume et Le Bars me font pitié, tant ils se dépensent pour finir. Les malheureux bougres sont arrivés ici, Roume à 7 heures, Le Bars à 9 heures, enchantés qu'on les ait quelque peu ravitaillés dans les contrôles, ainsi que j'en avais donné l'ordre aux soigneurs. Ce sont de véritables entêtés de courir dans de telles conditions, mais quand même, quel courage !

Et cela suffit pour que je m'apitoie sur leur sort. Ai-je tort ?

Les soigneurs font merveille. Les hommes sont enchantés. Alors, pourquoi faut-il que des crevaisons de pneus ou des chutes stupides viennent détruire tout un ensemble d'efforts si bien compris ? Je ne dors qu'une nuit sur deux, et tout au plus six heures. Eh bien ! n... de D... ! quand même ne devrais-je plus dormir du tout, il faut que nous obtenions encore de meilleurs résultats. En tout cas, la « meute » luttera jusqu'au bout, soyez-en bien persuadé, et si nous sommes vaincus, c'est que nous nous serons heurtés à l'impossible.

Vite, je termine cette lettre, car j'ai encore les carnets des soigneurs à préparer pour la prochaine étape. Il faut qu'à 2 heures, demain jeudi, tout soit prêt ; et, sapristi ! il y a du « turbin », comme dit l'autre, avec le nettoyage des effets de course, des machines et aussi les changements de multiplications à effectuer pour l'escalade du Ballon d'Alsace. J'espère toujours vous voir vendredi à Belfort ; si vous ne pouvez venir, télégraphiez-moi chez notre ami Muller.

A part Ménager, qui a une insignifiante blessure à la cuisse droite, par suite d'une chute au cours de l'étape d'aujourd'hui, tout le « team » est valide. Je me permettrai donc de ne pas vous écrire demain jeudi. Je n'aurais d'ailleurs pas grand'chose à vous dire et vous serez probablement à Belfort.

Ne me gardez pas rancune si, malgré toute ma diligence, nous n'avons pas encore décroché une place de premier des poinçonnées dans une étape. Sachez aussi que je fais l'impossible pour mener à bien la tâche que vous m'avez confiée. Une cordiale poignée de main et mes amitiés en masse à tous.

IV

Lyon, 14 juillet 1907.

A l'Hôtel,
(4 heures 1/2 soir).

MON CHER DIRECTEUR,

A l'heure où vous recevrez ces lignes, l'*Auto* vous aura déjà appris les résultats de l'étape Belfort-Lyon. Triste journée ! Je dis triste, car c'est toujours avec peine que l'on voit ses hommes rétrograder aussi brutalement au cours d'une seule étape.

Quel chien de métier par instants !

Seul, mon « lion » Faber a combattu avec son énergie habituelle ; et c'est pour moi une sérieuse consolation de constater qu'il a repris *deux points* d'avance à Petit-Breton.

A vrai dire, l'étape ne fut pas pénible. Evidemment, le parcours n'était pas idéal ; mais quand même, il n'y avait pas de fortes rampes à escalader et, si j'ajoute que le sol était roulant et qu'un bon grand vent arrière a soufflé constamment, j'en conclus que ces 309 kilomètres étaient dans le « ventre » des 77 partants.

Jusqu'à Montbéliard, le peloton est resté compact, à part quelques régionaux, et le trio Pépin de Gontaud-Dargassies-Gauban, qui furent lâchés dès les premiers kilomètres.

Or, dans Montbéliard, tout à coup, crac ! Ringeval crève un pneu. Son fidèle compagnon Maitron s'arrête alors pour l'aider à changer de boyau ; mais comme ils s'apprêtaient à repartir, Ringeval s'aperçoit que la selle de sa bicyclette est cassée. Un généreux sportsman, qui se trouvait là, s'empressa de lui en donner une neuve. Mais, va te faire fiche ! le chariot n'allait pas. Il fallut 25 minutes pour l'agencer...

Courageusement, les deux compagnons se remirent à l'ouvrage. Ce fut alors une poursuite acharnée vers la meute qui fuyait devant eux. Avec un cœur admirable, Maitron emmenait le pauvre « Tintin », qui fut encore une fois aux prises avec les « avirons ». Enfin, à force de courage et d'énergie, ils parvinrent au but de l'étape, mais, hélas ! la rame — quelle gueuse ! — avait encore accompli sa funeste besogne...

Ringeval se classait 35e ! Son fidèle camarade Maitron 36e. Ce dernier n'ayant point cherché à lutter à l'arrivée pour ne pas augmenter encore le désespoir du champion de Maisons-Alfort.

— « Ce sont les jambes qui m'ont manqué » ! m'a dit Ringeval, les larmes aux yeux.

Le voyant très affecté, pensez un peu si j'ai vivement donné plusieurs tours de manivelle pour lui remonter le moral. Dieu soit loué ! j'ai réussi !

Maitron s'est littéralement promené, et il est indiscutable qu'il se serait classé dans les douze premiers s'il n'avait pas roulé de concert avec Ringeval.

Ménager n'a pas été aujourd'hui aussi brillant que de coutume. Le pauvre gosse commence à se ressentir du rude travail qu'il a fourni depuis le départ. Lentement, mais sûrement, la fatigue le gagne. Ce sont les chevilles qui le font horriblement souffrir, à tel point que, par instants, me racontait-il, il devait descendre se reposer quelques minutes, tant ses souffrances étaient intolérables.

Faber, comme je vous le disais plus haut, a continué à pousser comme un sourd durant tout le parcours. Malheureusement, une fâcheuse envie de... descendre l'a obligé de s'arrêter alors qu'il se trouvait dans le peloton de tête. La rage au cœur, il s'est accroupi au bord de la route, mettant les bouchées doubles, dit-il, pour ne pas rester trop en arrière. Mais, quand... la malencontreuse opération fut enfin terminée, l'enfant de Colombes avait perdu quatre minutes !

Malgré toute son énergie, il ne put combler ce retard et fut même distancé de loin, terrassé par une douleur dans le genou droit, — douleur qu'il ressentit soudainement en donnant un coup de pédale à « faux » en montant un petit raidillon.

Il est arrivé ici souffrant toujours, et voici trois heures ! — je dis *trois heures !* vous m'entendez bien — que dix contrôleurs ou pilotes de bonne volonté cherchent, mais en vain, un masseur expérimenté qui puisse venir remettre en bon état les jambes de Ringeval, les chevilles de Ménager et le genou de mon bon grand « lion » Faber.

Lyon est en fête. Les travailleurs chôment ! Ah ! 14 Juillet de malheur, va !

Il est six heures, et Pothier, le boucher de Sens — l'enfant gâté de votre représentant M. C... — n'est pas encore arrivé, ni même signalé à l'horizon. Lui aussi souffrait des chevilles, hier, il souffrait aussi des jambes, il souffrait de partout sauf de l'estomac.

Parbleu ! Je pense bien que l'estomac peut aller, quand on n'y fourre pas dedans autre chose que ce que j'ai ordonné. Mais quand même, ça ne suffit pas pour que l'on puisse faire le « Tour de France ».

Le plus grand général du monde ne fait rien sans soldats. Mais il lui faut aussi des soldats éprouvés.

Or, à franchement parler, Pothier est parti dans cette épreuve hors de « forme ». En conséquence, j'estime que c'est un calvaire pour lui et un inutile coup de massue pour votre caisse que de le laisser continuer à déambuler à la manière des Teychenne, des Dargassies et autres Pépin de Gontaud. C'est un sentiment personnel et vécu, et j'ose prétendre qu'il ne finira pas, attendu que, au lieu d'« avancer », il recule ! D'aucuns n'oseraient peut-être pas, comme moi, vous dire l'affreuse vérité à ce sujet. J'estime que si j'agissais ainsi, j'aurais tort, étant donné que les frais courent avec une rapidité épouvantable.

En effet, quand je constate qu'hier, à Belfort,

la douloureuse a atteint un chiffre formidable, je me demande anxieusement s'il serait raisonnable de s'entêter à vouloir mettre en forme « le boucher de Sens » qui, à chaque étape, va s'usant de plus en plus ?

Telle est la délicate situation que je porte très franchement à votre connaissance. Télégraphiez-moi, je vous prie, la suite que vous comptez y donner.

Ringeval, Maitron, Faber et Ménager sont relativement en bon état. Ringeval, répétons-le encore, est peut-être victime des rudes efforts qu'il a fournis depuis le commencement de l'année, ou bien encore victime d'un repos trop prolongé après Bordeaux-Paris. Mais, son énergie aidant, je crois fermement qu'il « sera là » quand même.

Pour l'instant, j'attends l'arrivée (car elle aura lieu) de Pothier et, suivant son état, physique et moral, je déciderai si nous pouvons l'exhorter à continuer. Si toutefois je constate qu'il est définitivement « lessivé », comme dirait Passérieu, je vous en informerai par dépêche.

Et maintenant, passons aux « régionaux ».

Roume a été contrôlé ici à quatre heures et demie. Le malheureux a l'air d'un cadavre ! Une fois de plus, en présence de cette dépression physique, je lui ai conseillé d'en rester là. Je me suis heurté à un entêtement toujours aussi farouche :

— « Je veux faire « le Tour » complet, m'a-t-il dit, en manière de conclusion. Tant pis si j'en crève... on ne meurt qu'une fois... Pas vrai ? »

Voyons ! qu'est-ce que vous dites de cela ?

Quant à moi, je dis tout simplement qu'il n'y a qu'à s'incliner. Quand les gens sont morts (et c'est le cas !) on se prosterne.

Le Breton Le Bars n'a pas encore fait son entrée dans la cité lyonnaise.

Nous l'attendons, l'incorrigible Le Bars, que j'ai vu ce matin, sur la route, dansant un effréné « cake walk » sur les pédales pour monter de petites cotes à 5 %.

Nous l'attendons, l'infortuné Le Bars, qui n'a plus que la peau sur les os, et qui fleurit à la manière des roses, en exhibant une cinquantaine de petits boutons sur sa pauvre figure de squelette !

Sacré Le Bars, qu'en faire ?

Et puis, n'a-t-il pas juré solennellement qu'il devait, coûte que coûte, passer à Morlaix !

Et Charles Ravaud, qui pond tous les jours des centaines de lignes sur les exploits des « Tour de France » dans l'*Auto*, Charles Ravaud qui appelle ça du beau sport, et ces gens-là : des « semeurs d'énergie » !

O Ravaud de mon cœur ! je te ferai élever un temple pour t'immortaliser.

Teychenne le Toulousain, l'enfant de la ville rose (style Géo Lefèvre) ; Teychenne, qui se proclame toujours l'envoyé extraordinaire de M. Miquel, de Toulouse, sur l'*ordre de la Labor*, est entré au service du célèbre Pépin de Gontaud, qui avait déjà, vous le savez, deux aides en Dargassies et Gauban.

Comme rigolade, c'est le record. Ces coureurs-là trouvent la vie aimable et le « Tour de France »

— Sacré Le Bars ! qu'en faire ?

une balade charmante, Halte aux hôtels à l'heure de l'apéritif, du déjeuner et du dîner. Pernod au sucre (à toi, Abran !), repas copieux, vins capiteux, petites chansons au dessert, pour les indigènes de l'endroit, tel est le programme de ce quatuor toulousain « modern sport ». Voilà un quatuor qui, véritablement, hurle par l'ensemble.

La superbe médaille offerte par votre sympathique représentant de Belfort, M. Muller, au premier arrivant du « Team » *Labor* dans cette ville, a été gagnée par Faber.

Le contrôle du départ de l'étape Belfort-Lyon était installé chez M. Muller, à Danjoutin (près de Belfort) ; aussi toute la famille de ce dernier en a-t-elle profité pour féliciter nos coureurs, qui garderont longtemps le souvenir de la réception qu'on leur fit.

Mais il n'est pas d'intéressante conversation qui ne finisse. Permettez donc que je m'arrête ici, d'autant plus que six heures et demie viennent de sonner. C'est l'heure du dîner et les « gas » ont grand'faim.

V

Lyon, 15 juillet 1907.

Dans ma chambre, à l'Hôtel
(Deuxième édition)
(3 heures 1/2 soir).

MON CHER DIRECTEUR,

Ça y est ! Je ne m'étais pas trompé. Pothier est arrivé hier au soir ! Oui, Monsieur, il est arrivé... *par le train qui le ramenait de Besançon ! ! !*

Cet abandon supprime donc toute explication avec lui. Il prendra demain soir l'express de 1 heure 57, qui le ramènera à Paris. Je ne m'étendrai donc pas plus longtemps sur son cas, lui-même vous expliquera tout cela de vive voix.

Enfin ! J'ai réussi à trouver un masseur médical — car il était indispensable que ce fût un spécialiste — pour remettre à neuf les chevilles de l'un, les jambes de l'autre et le genou de mon bon grand « Lion ». Le praticien, célèbre paraît-il, porte une barbe splendide. Oh ! une barbe magnifique, une de ces barbes à rendre jaloux tous les sapeurs de mon ancien régiment. Deux heures se sont écoulées tandis qu'il prodiguait des soins empressés à nos vaillants « *Labor* ».

Tel l'adjudant de quartier, je suis monté dans

les chambres. J'ai visité les hommes. Ils sont heureux comme des rois, et à voir leurs bonnes joues roses et aussi la joie qui se lit sur leur visage, cela me laisse à penser qu'ils seront tous là dans la dure randonnée de cette nuit.

La dernière étape a été néfaste. Peut-être auront-ils un réveil frénétique !

L'hôtel où nous sommes descendus, sur les conseils que mon excellent ami Brett m'avait donnés à Roubaix, mérite qu'on s'y arrête quelques instants... pour en souligner toute l'infamie.

En effet, hier soir, le dîner n'était pas mangeable, aussi vous supposez quel match héroïque j'ai soutenu avec le directeur, les gérants, les maîtres d'hôtel, les garçons, etc.

A ma honte, je dois avouer que je n'ai pas gagné ce match-là !

Me rendant compte que je n'avais aucune chance de triompher, je me suis donc abstenu de demander une revanche, et aujourd'hui j'ai tout bonnement emmené nos hommes déjeuner au restaurant Baptiste.

Ah ! monsieur, si vous les aviez vu dévorer, les « lions » de la *Labor* (pneus Dunlop), c'était superbe !

Actuellement, ils reposent dans leurs chambres, allongés sur leur lit, lisant les journaux sportifs. En principe, je tiens absolument qu'ils n'aient d'autre souci qu'à « pousser » sur leur bicyclette « *Labor* ». Mais il n'y a pas qu'eux qui poussent » ; moi aussi, puisque je pousse l'exagération jusqu'à aller moi-même leur chercher les cartes postales et les timbres dont ils ont besoin.

Ça y est ! Je deviens « chasseur » par raison.

En effet, ce prétexte de l'achat de cartes postales les entraînerait à des marches forcées et peut-être aussi à des stations dans les cafés.

— « Très peu de stations dans les cafés ! » comme dirait Abran.

J'ai eu quelques instants de conversation avec le masseur. Il m'a affirmé que, actuellement, Pothier était fourbu et affligé de varices. Cela suffit pour expliquer sa déchéance.

Chez nos concurrents, on continue toujours à les soigner en « vitesse » ! Exemple : le manager du team X... : n'est-il pas venu prendre ses coureurs, à deux heures, au café Riche, pour les emmener à l'hôtel, où un généreux sportsman désirait leur offrir des gâteaux et un bon petit vin fin ? Devant un tel état de choses, c'est à se demander si le soleil n'est pas mort !

L'étape de cette nuit étant très pénible, M. Jeanne ira à Annecy assurer le contrôle. Nos coureurs partiront d'ici avec leur sacoche garnie jusqu'à Nantua (92 kilomètres), où ils retrouveront des provisions et des soins pour aller jusqu'à Genève (60 kilomètres). Puis, de là, à Annecy (47 kilomètres), où ils seront de nouveau ravitaillés ; ensuite ils fileront jusqu'à Chambéry (49 kilomètres), où leur sacoche sera lestée de nouveau pour leur permettre de se restaurer copieusement jusqu'à Grenoble (70 kilomètres). Comme vous pouvez vous en rendre compte, ils seront merveilleusement soignés.

J'attends impatiemment l'*Auto* pour connaître les résultats de Paris-Dijon. Je suis anxieux de savoir si nos coureurs amateurs se sont bien comportés.

Un mot encore : Teychenne, toujours lui ! a démoli sa bicyclette, hier, à Saint-Amour (90 kilomètres de Lyon). Il l'a laissée en échange d'une autre à un fabricant dont je possède l'adresse.

Il exigeait que je lui en prête une nouvelle pour repartir dans l'étape Lyon-Grenoble. Mais j'ai carrément refusé, car je ne juge des sentiments que par les actions, et j'imagine qu'un homme qui court le « Tour de France », en s'arrêtant dans les contrôles ou dans les hôtels pour y prendre l'apéritif, y déjeuner et y dîner, n'est qu'un délicieux farceur dont il serait puéril de s'occuper.

Je terminerai cette deuxième édition de mon journal quotidien en vous disant que vos représentants ici, MM. Bonneton et Armand, ont fait preuve à notre égard d'une amabilité exquise. Ils nous ont admirablement reçus. C'est une chose que nous n'oublierons pas.

———*———

VI

Grenoble, 16 juillet 1907.

Hôtel Moderne,
(10 heures soir).

MON CHER DIRECTEUR,

Ainsi que je le prévoyais, mon grand « lion » Faber a rugi !

Et il a rugi dans cette terrible escalade des Alpes, laissant derrière lui tous ceux qui cherchaient à s'accrocher désespérément à sa roue, tandis que, inlassable, il talonnait mon protégé de jadis : Emile Georget.

Il faut avoir assisté au colossal exploit accompli par ces deux hommes pour se rendre compte qu'ils ont mis à leur actif une inoubliable performance.

En effet, j'ai vu Georget et Faber décramponner un à un dix hommes de valeur. J'ai vu Garrigou tomber exténué sur le fossé qui bordait le col de Porte, puis ensuite Cadolle, puis après Van Houwaërt, puis encore Lignon, puis enfin tous les autres... Un instant, j'ai cru que, à son tour, E. Georget allait aussi céder devant l'allure étourdissante de Faber ; mais à la force de l'un répondait le cœur de l'autre.

Ils arrivèrent ensemble au sommet du col de Porte, mais, dans la terrible descente du Sappey, mon « grand » céda, handicapé par sa roue serve, tandis que son adversaire descendait à toute allure, merveilleusement servi par sa roue libre.

Faber s'est classé second à Grenoble, à trois minutes derrière E. Georget. C'est presque une victoire, et c'est d'autant plus merveilleux que notre bon colosse est dans un état de fraîcheur remarquable. Quel coffre !...

Ringeval, Maitron et Ménager sont arrivés à quatre heures. Tous trois ont dû se débattre contre leurs pneus et aussi batailler avec ce terrible col de Porte. Bien qu'ils ne répondent pas encore aux espérances que j'osais fonder sur eux, j'espère toujours qu'ils termineront le « Tour de France » dans d'excellentes conditions.

Ménager, mon « Tout Petit », fait preuve d'un courage admirable. Il est si docile et si courageux que je me prends d'enthousiasme pour lui, à tel point que je le dorlote comme s'il était mon gosse. Ses chevilles vont un peu mieux, et il serait certainement bien classé aujourd'hui s'il n'avait dû couvrir les dix-sept kilomètres de descente vertigineuse qui séparent le col de Porte de Grenoble, sur un pneumatique crevé ! Le pauvre petit « gars » en avait bien de rechange, mais en route son sac s'étant déchiré, il avait perdu sa clé anglaise, ce qui le mettait dans l'impossibilité de démonter la roue de sa bicyclette pour opérer ce changement de pneumatique.

Ringeval paraissait plus à l'aise aujourd'hui.

Son allure était très souple et j'espère, le régime aidant, qu'il va enfin se retrouver. Maitron le suit comme son ombre.

Ah ! si ces trois gaillards-là se trouvaient dans la « forme » de Faber. Bon Dieu ! la belle équipe de poinçonnés ça ferait !

Nous sommes descendus à l'hôtel Moderne, établissement de premier ordre. Cette fois, mon ami « Ugène » (Ugène, c'est Brett, savez-vous ?) a été bien inspiré. C'est tout simplement idéal. La conversation préalable que j'ai eue avec le directeur est de bon augure, et je suppose que nous serons royalement traités, dans des conditions modestes.

L'étape d'aujourd'hui ayant pris l'allure d'un effroyable calvaire, et celle de demain se manifestant comme devant être un véritable supplice, je n'ai pas hésité à faire venir un masseur expérimenté.

Aïe donc les frais !

Voici deux heures qu'il travaille les *Labor*. Il n'a pas encore terminé, mais d'ici quelques minutes, ce sera chose faite, et j'imagine que ce sérieux massage va remettre nos hommes à neuf.

A franchement parler, je vous avouerai que je me multiplie pour en faire des démons (cliché Géo Lefèvre). Tout à coup je crie, je suis même farouche, puis peu après je deviens paternel. Si je m'aperçois que coureurs ou soigneurs n'exécutent pas les instructions données, je fais un « raffut » du diable, à en rendre jaloux H.-D.... Bostock lui-même. Toutefois, au fond, je n'ai pour eux que des « bouillons de tendresse », comme eût dit Corneille ! Mais je n'ai aussi qu'un seul but : gagner la catégorie poinçonnée avec Faber et améliorer si possible la situation des trois autres.

Ah ! monsieur, ce Tour de France, quel « business » ! Soignez des crocodiles, l'affaire serait peut-être plus aisée. Par moments, je vous le jure, c'est un enfer perpétuel.

Tenez, en course, par exemple, dans la voiture des constructeurs (excusez du peu !) je passe par des émotions indescriptibles.

Mes quatre hommes sont-ils dans le peloton de tête ! Ça y est ! Je suis perdu dans un nuage de gloire !

L'un d'eux rétrograde-t-il pour une raison quelconque. Crac ! je suis anéanti !...

Cependant, mon grand « lion » Faber me donne tant de satisfaction que lorsque j'ai le bonheur de passer la nuit dans un lit, je m'endors avec de la joie plein le cœur.

Et maintenant, parlons un peu des régionaux.

Hier, à Lyon, Roume est arrivé dans un état lamentable. Le malheureux « pousse » continuellement à s'en défoncer la poitrine, à tel point qu'il n'aperçoit sans doute pas les pavés, les caniveaux ou autres embûches de la route, car sa machine est hors d'usage, tant les chutes qu'il a faites ont été nombreuses et violentes surtout. Il est venu me voir à l'hôtel, ayant toujours cette physionomie indifférente et me regardant tristement avec ses pauvres yeux de bon toutou fatigué.

Chaque fois que je le vois venir vers moi, je pense : « Pauvre enfant de Narbonne, te voici en-

— Pauvre enfant de Narbonne ! .. quel massacre !

core !.. Que veux-tu me dire avec ta grimace ? »

Et ce matin, à Lyon, encore pris de pitié, j'avais consenti à lui prêter la machine de Pothier, afin qu'il puisse continuer. Ma généreuse intention n'a pas été récompensée, car, pour changer, Roume fit aujourd'hui, à Ambérieu, une fantastique cabriole dans une descente. La machine est indemne. C'est une *Labor* il est vrai (faites-en part au directeur, ça fait toujours plaisir) mais l'homme s'est sérieusement endommagé le front.

Malgré cela, il est quand même arrivé jusqu'ici. Lui aussi a escaladé le col de Porte. C'est à la fois de l'héroïsme et de la démence. Une fois de plus, je lui ai conseillé d'abandonner. Peine perdue ! Il veut repartir après-demain matin pour Nice. Comme déshérité : c'est le sublime du genre.

Pas de nouvelles du breton Le Bars ! Tonnerre de Brest ! les Alpes l'auraient-elles vaincu ? Ou bien a-t-il encore une fois « fusillé » sa machine ?

Patientons jusqu'à demain, car je ne serais nullement étonné qu'il arrivât cette nuit.

« Pauvre type ! doivent dire les gens en le voyant passer... Ah ! qu'il est drôle ! doivent s'esclaffer certains autres. »

Oui, peut-être, cela est comique, en effet, mais d'un comique triste et qui peine.

Les boyaux Dunlop se comportent à merveille. Faber n'a crevé qu'une fois depuis Paris. J'espère trouver demain, en gare, les sacoches que vous avez dû m'expédier. Il serait temps qu'elles arrivent, car les leurs sont dans un état de délabrement effroyable.

Et maintenant, permettez que je vous quitte, vénéré directeur, car, franchement, je tombe de sommeil ; puis j'ai encore ma comptabilité à mettre à jour et les carnets des soigneurs à établir.

Adieu donc pour ce soir, et souffrez que je vous répète tout doucement : *Faber gagnera les poinçonnées.*

Encore neuf étapes à disputer. Une paille ! Si cela continue, les brûlures du soleil vont nous rendre couleur de brique.

VII

Grenoble, le 17 juillet 1907.

Hôtel Moderne,
Mon Journal (2e édition)
(8 heures 1/2 soir).

MON CHER DIRECTEUR,

Je vous accuse réception de vos deux lettres, mais je n'ai pas encore reçu les sacoches neuves. On me dit ici que je puis encore les recevoir dans la soirée. Mais, moi , j'ai un peu l'habitude de compter sur ce que j'ai et non sur ce qui peut venir. Or, dans l'incertitude où je suis, j'ai envoyé les sacoches détériorées chez un cordonnier, qui va les réparer rapidement.

Il fait ici une chaleur torride et j'ai dû acheter deux casquettes blanches, l'une pour Ringeval, l'autre pour Maitron : coût 2 fr. 90.

Aïe donc les frais !

J'ai aussi fait acquisition de couvre-nuque très pratiques, — blancs, évidemment. J'en ai acheté dix à 0 fr. 50 : total, cent sous.

Aïe donc les frais !

Ménager avait besoin de chaussures, je lui en ai offert aux frais de la princesse... *Labor* : payé 13 fr. 95.

Aïe donc les frais !

J'ai requis un photographe qui a pris le quatuor. D'ici deux jours vous recevrez les épreuves. Les *Sports* ont, eux aussi, passé une commande, devant publier ces jours-ci un supplément spécial à l'occasion du « Tour de France ». Je n'ai donc pas hésité à les faire mettre en tenue, immédiatement, avec l'inscription *Labor* sur la poitrine, c'est-à-dire face à l'appareil.

Aïe donc les affaires !

Le masseur grenoblois qui les a travaillés hier a fait merveille. Tous les quatre sont frais comme des roses. Ces brillants massages leur réussissent si bien que, à chaque étape, je n'hésiterai pas une seconde à les soigner ainsi, d'autant plus que le travail devient très pénible à cause de la grande chaleur.

Je vous adresse ci-inclus le relevé des frais jusqu'à ce jour. Peut-être cette douloureuse vous causera-t-elle quelque surprise, mais je suis persuadé que vous comprendrez que mes dépenses sont absolument indispensables. Je compte, je discute et je me débats absolument comme si cet argent sortait de ma poche. Soyez persuadé que je ne « marche » pas sans réfléchir et sans compter.

Actuellement, nous avons une chance de premier ordre pour les places d'honneur des poinçonnées, il serait donc maladroit de faire des économies de bout de chandelle, si ces économies devaient nous reléguer au second plan. Nous sommes en pleine bataille, nous prenons peu à peu le dessus, il ne s'agit pas de faiblir, mais bien au contraire de tenter l'impossible pour nous assurer une supériorité manifeste.

Les soigneurs eux-mêmes sont victimes d'un « coup de fusil » d'une suprême élégance. On leur compte carrément une bouteille d'eau de Vichy 1 fr. 25 ! Quatre bidons de riz au lait (deux litres) 6 francs ! Une côtelette, 0 fr. 80, etc.

En résumé, c'est l'exploitation dans toute sa magnificence. Or, attendu la rapidité des étapes, c'est-à-dire à peine si l'on est arrivé qu'il faut immédiatement songer à repartir, vous comprendrez facilement que les soigneurs, arrivant quelquefois juste à temps dans les contrôles pour préparer leur « popote », n'ont pas le temps matériel de courir au meilleur marché, car ils risqueraient fort de « louper » leur service de ravitaillement.

— « Très peu de loupage ! » comme dirait Abran.

Cet après-midi, nos quatre gars voulaient aller se promener. Or, moi qui n'ai pas une minute de loisir pour assurer le fonctionnement de tout le service, je ne pouvais les accompagner. Ils sont donc restés à l'hôtel à lire des revues, des journaux amusants, ou à expédier des cartes postales, soit dans leurs chambres, soit dans le hall de l'hôtel. Ces Messieurs faisaient un peu la moue, mais je leur ai vite fait comprendre qu'ils ne couraient pas le « Tour de France » en touristes, mais bien en *coureurs*, c'est-à-dire non pas comme des gens qui se *balladent*, mais bien comme des hommes qui *travaillent*.

D'autre part, ces promenades sans moi ne me sourient guère ; car, livrés à eux-mêmes, j'imagine que, vu la chaleur, les citronnades, les quarts stout et les demis de Munich seraient vite engloutis. Et, d'après le secret de « Choppy », vous le savez : « *Il ne faut rien prendre entre les repas.* »

C'est pénible, j'en conviens, mais c'est indispensable.

J'ai fait à mon grand « lion » Faber un cours de tactique, en lui recommandant de « s'aggricher » dans la mesure du possible à la roue de Petit-Breton, — *telle une sangsue.* Je n'ai pas oublié non plus de lui conseiller « d'en mettre » terriblement, si toutefois ce dernier lâchait pied. C'est peu probable, mais sait-on jamais ?

Et c'est tout pour aujourd'hui. A demain ma lettre de Nice et peut-être aussi une dépêche vous signalant encore une nouvelle performance de Faber.

Je vous serais infiniment reconnaissant de remercier Mademoiselle Léontine, votre sténo-dactylographe, pour l'aimable façon dont elle style les lettres qui me sont adressées. J'y trouve, en effet, des *Cher Monsieur*, des *veuillez agréez, cher Monsieur*, qui chatouillent ma modeste personnalité de directeur sportif.

Alors ! serais-je inconséquent, moi, quand, tout naïvement, brutalement peut-être, mais sincèrement cependant, je termine mes lettres en vous disant : *Je vous serre furieusement et cordialement la main à vous démantibuler l'épaule ?*

Je tombe de sommeil, ma chambre est belle, mon lit semble appeler un pauvre corps bien fatigué ; permettez que j'aille me glisser deux heures dans des draps qui sont d'une blancheur immaculée.

Adieu, patron !

VIII

Grenoble, 17 juillet 1907.

Hôtel Moderne.
Le temps presse.
(Style télégraphique, Service Labor, « Cézig » Limited Company). (Minuit 45 m.)

DIRECTEUR,

Votre envoi arrivé 10 h. 30. Sur six sacoches, quatre inutilisables. Prière adresser deux comme celles nous possédons à Toulouse, Hôtel Europe. Vu G..., directeur A... ce soir. En prenant bocks, m'a informé A..., manager P..., fait propositions aux Italiens. Situation menaçante pour directeur A... Ce dernier pris engagement les faire soigner dans contrôles. Adroite combinaison. Dénote aussi sentiments généreux. Mais arrangement peut-être néfaste pour *Labor*. Ai fait comprendre à G... par insinuation. Celui-ci a répondu moi pas comprendre. « Cézig » pas insisté. *Labor* combattant plutôt par devoir que par nécessité. Contretemps fâcheux. M. Jeanne impossible partir pour Nice. Train supprimé. Charmante soirée. Arrivera seulement demain soir 10 heures 45 avec bagages « Team ». Coureurs forcés rester en flanelle dans chambre jusqu'à son arrivée. Me verrai obligé les y faire dîner, pas dans les flanelles, dans les chambres. Infortuné directeur sportif logé même enseigne. Attendra jusqu'à onze heures pour faire toilette. Déambulera Nice couvert poussière. Quel tableau. Peu importe si poussière est glorieuse, car grand « lion » Faber capable montrer encore une fois ses griffes et petits lionceaux, eux aussi, peut-être pas jeté derniers rugissements. Heure réveiller « team » approche. Directeur sportif boucle télégramme. Au revoir, Monsieur.

BAUGÉ.

IX

Nice, 19 juillet 1907.

(3 heures soir).

MON CHER DIRECTEUR,

N... de D... ! quel fichu résultat que celui d'hier ! Faber 21e ! Et son rival Petit-Breton 3e ! Bien joué au billard, Monsieur Faber !

Cette catastrophe a dû vous surprendre et, en lisant l'*Auto*, vous avez dû vous demander anxieusement ce qui a bien pu se passer.

Ecoutez, c'est bien simple.

Faber, qui avait lâché Petit-Breton dans la côte de Laffrey, fut victime ensuite de trois crevaisons successives. Ces incidents-là, c'est comme les gros pavés, ça retarde toujours un peu et puis ça coupe carrément les « pattes » au plus solide.

D'autre part, il faisait une chaleur torride et les routes étant très poussiéreuses, tous les coureurs *sans exception* furent aux prises avec la « rame ». Certains avaient même récolté en route une « paire d'avirons » à rendre jaloux le président du Club Nautique de Nice.

Mais quand même, Faber n'est pas hors de combat, car étant donné son état de fraîcheur, j'imagine qu'il est de taille à rattraper le temps perdu.

Ringeval a fait, hier une course splendide. A plusieurs reprises, c'est lui qui s'est chargé de ramener Faber sur le peloton entre Laffrey et Gap. Malheureusement, l'infortuné « Tintin » fit une chute sans gravité, heureusement, dans la descente aboutissant au chef-lieu des Hautes-Alpes.

En effet, tout joyeux, il descendait en « facteur » (je veux dire par là les pieds sur la tête de fourche), quand soudain, faisant une embardée furieuse, crac ! « en vendange dans les cailloux », comme il dit dans son langage imagé. Résultat : une légère écorchure à la cuisse droite.

Quant à la bicyclette *Labor,* naturellement, elle était indemne. (Avisez le directeur, ça fait toujours plaisir !)

Malgré cela, Ringeval se sent très dispos aujourd'hui, et je suis tenté de croire que nous allons bientôt retrouver le brillant Ringeval de Bordeaux-Paris... J'en trépignerais de joie !

Maitron a bien marché lui aussi. Trois crevaisons, une chute avant Gap, tel est son bilan d'hier.

Quant à Ménager, il est toujours étonnant de courage. Pauvre gosse, il « en met » si consciencieusement, malgré la douleur que lui causent ses chevilles, que j'éprouve pour lui une sympathie toute paternelle.

Hier, comme je vous l'ai télégraphié, les bagages sont arrivés à onze heures du soir. Or, attendu que, en saison d'été, l'hôtel de l'Univers, où nous sommes descendus, ne fait pas de restaurant, nos hommes se trouvèrent forcément immo-

" LES AVIRONS D'HONNEUR "

(Offerts par le Club Nautique de Nice).

bilisés dans leur chambre, glissés dans leurs draps blancs dans le plus primitif des costumes. Une promenade en ville, même pour des « Tour de France » n'étant pas autorisée dans le costume d'Abran, — non, je voulais dire d'Adam, — j'ai dû leur faire apporter à dîner à l'hôtel. Les Niçois sont de braves gens, paraît-il (oh ! *Niçois* qui mal y pense !) ce qui n'empêche pas que j'ai dû parlementer avec quatre restaurateurs pour en trouver un qui veuille bien consentir à leur servir à dîner dans les chambres.

Nos hommes sont, en toute sincérité, frais et dispos. Par contre, le directeur sportif est dans un état de dépression lamentable. L'infortuné est, en effet, complètement épuisé par le manque de sommeil. Et malgré toute l'énergie qu'il a déployée hier,le malheureux a été pris d'une effroyable crise de sommeil dans la voiture des constructeurs. Une vraie loque, quoi !

Ni les gracieuses bourrades de M. Sicot, le directeur de Peugeot, ni les aimables tirades de M. Genty, directeur de l'Alcyon, au milieu desquels il était assis, n'ont pu le rappeler à la vie ! Epis de blé, glissés avec adresse et légèreté dans les narines du dormeur ; arrêts subits de la voiture pour provoquer des secousses violentes et aussi son réveil ; tout fut inutile ! La crise de sommeil fut irrésistible jusqu'à son arrivée à Nice.

Cependant je dois dire, à la décharge de cet excellent directeur sportif de la *Labor* qu'une légère accalmie lui permit, à Digne, de recouvrer pendant quelques instants son habituelle gaîté durant le déjeuner. Et cela à la grande satisfaction de ses compagnons de voyage.

Aujourd'hui, votre directeur sportif est d'attaque ! Neuf heures de sommeil l'ont remis d'aplomb. C'est seule cette fatigue immense qui l'a empêché de vous écrire, hier, sa lettre quotidienne. Pardonnez-lui cette infraction, qui ne se renouvellera point, attendu qu'Alphonse Baugé l'a sévèrement admonesté. Et vous savez que votre directeur sportif craint Baugé comme le feu !

Deux des Italiens : Ganna et Galetti, ont abandonné. Ça n'a rien d'étonnant, car nous voici presque à mi-chemin du parcours. C'est l'heure où on compte ses fatigues. Cet abandon imprévu prouve que nous avons encore des chances de premier ordre, car j'espère bien que nos hommes finiront. Et c'est là l'essentiel.

La chaleur est accablante, aussi nos coureurs reposent-ils dans leurs chambres depuis une heure de l'après-midi. Inutile, n'est-ce pas ? qu'ils aillent déambuler dans les rues sous un soleil de plomb.

A quatre heures et demie, je les rassemblerai afin qu'ils inspectent leurs bicyclettes. A six heures, ils dîneront dans un restaurant splendide, un restaurant de « rupins » ! A sept heures et demie ils se coucheront. A une heure du matin, le réveil. A une heure et demie, ils prendront le repas avant le départ, et à deux heures et demie, en route pour Nîmes !

Notes d'hôtel, frais de contrôle, frais de séjour

aux soigneurs, massages, suppléments de bagages, etc.

Aïe donc les frais !

Tout cela a merveilleusement délesté mon portefeuille. Le malheureux crie famine. Vite quelques billets de mille pour le ravitailler !

Je termine ma lettre en vous transmettant mes amitiés en bloc pour toute la famille *Labor*.

— Ah ! ce qu'il roupille, le frère !

X

Nîmes, 21 juillet 1907.

Hôtel du Luxembourg,
(7 heures soir).

MON CHER DIRECTEUR,

Une journée qui s'annonçait comme devant être triomphale et qui s'est terminée par un résultat ayant frisé de près la catastrophe, tel est le bilan de l'étape Nice-Nîmes.

L'*Auto* vous a appris que Maitron — subissant enfin les effets d'un régime sévère, — avait monté la côte de l'Estérel à une véritable allure de record dans un style impressionnant. Il avait même lâché tout le lot, quand, en abordant un virage dans la descente, il dérapa et fit une chute qui le mit hors de combat. Sa roue avant fut réduite en miettes, et il dut couvrir sept kilomètres *à pied* avec sa bicyclette sur l'épaule, pour arriver jusqu'à Fréjus, où votre représentant répara les avaries causées par la chute.

On dut travailler avec acharnement pendant quatre heures. La rage au cœur, Maitron vit passer tous les concurrents du « Tour » sans exception.

Il se remit donc en route, tout seul ! pour abattre

les 275 kilomètres qui séparent Fréjus de Nîmes. Je l'ai attendu anxieusement jusqu'à une heure du matin, me demandant s'il aurait le courage de rouler ainsi jusqu'au bout, seul, dans la nuit, sur ces routes effroyablement monotones. L'homme est arrivé !

Cette performance a enthousiasmé Henri Desgrange, directeur de l'*Auto*, et je suis persuadé que vous aussi serez satisfait de constater avec quelle énergie les trois hommes qui nous restent en course défendent leurs chances.

Je dis trois hommes, car Ménager, complètement fourbu, — c'est à mon sens l'expression juste — a dû abandonner à Marseille. Ainsi que je le prévoyais, le pauvre gosse a donné jusqu'aux extrêmes limites des ressources de ses dix-huit printemps. C'est un petit bonhomme qui possède une grande qualité, de la tenue en machine et qui, certes, deviendra dans l'avenir un grand coureur, quand le temps, grand maître des choses, aura fait son œuvre sur sa constitution encore trop fragile pour un travail aussi pénible que le « Tour de France ».

Ringeval est revenu à la vie ! Malheureusement, dans la chute qu'il fit à l'arrivée avec Marcel Cadolle, il s'est sérieusement endommagé les genoux et le haut de la cuisse gauche. Il ressentait aussi une violente douleur dans la jambe droite.

Une fois de plus, j'ai dû recourir aux bons offices d'un masseur. Et cette fois, je n'ai trouvé... *qu'une masseuse*. Bravement, la bonne dame s'est mise à l'ouvrage et bientôt Ringeval était retapé, ainsi d'ailleurs que ses compagnons Maitron et Faber.

Quant à Marcel Cadolle, il est très sérieusement blessé au genou. On dut le transporter à l'hôpital, d'où il ne sortira pas avant plusieurs semaines ! C'est navrant.

Depuis quarante-huit heures, la chaleur devient accablante, aussi je redouble de vigilance afin d'éviter à mes trois « rescapés » les fâcheux effets que pourrait occasionner la perpétuelle fournaise dans laquelle nous vivons. Il faut presque me fâcher pour les empêcher d'absorber des boissons glacées. Faber est assez souple, mais les deux autres me résistent. Aussi, par moments, j'aimerais mieux des coureurs faits comme les soldats de plomb. Ce serait plus facile à tordre !

D'autre part, cette maudite chaleur m'oblige à faire ravitailler nos hommes dans quatre contrôles, quelquefois même dans cinq ou six, car les provisions tournent encore plus vite que les jambes des coureurs.

Il y avait aujourd'hui, réunion au Vélodrome de Nîmes. Une épreuve était réservée aux « Tour de France ». Or, malgré les plus vives instances du directeur de la piste, je lui ai formellement refusé l'engagement de nos hommes, attendu que nous ne sommes pas là pour faire des « numéros de vélodrome », mais bien pour disputer le « Tour de France ».

En résumé, la situation n'est pas désespérée. Evidemment l'invraisemblable Petit-Breton devient presque imbattable pour la première place des « Poinçonnées ». Néanmoins, la route a des embûches ; l'estomac de chacun a des caprices ; les pneus ont des idées stupides de crever très souvent. Alors ! qui sait ? Avec un peu de veine, un changement peut bien encore se produire.

Mon portefeuille a un appétit du diable. Il dévore, le brigand ! C'est incroyable ! Je suis encore obligé de vous demander de le ravitailler à Bayonne.

Ménager prend le train de huit heures et demie. Je termine donc cette lettre à la hâte et je vais le charger de vous l'apporter, pour qu'elle vous parvienne plus rapidement.

Je suis bien fatigué, mais pas encore au point de n'avoir plus la force de vous serrer la main.

P.-S. — J'allais oublier de vous dire que le Breton Le Bars continue toujours à rouler, soutenu par son incroyable entêtement. Je l'ai fait courir aujourd'hui sur le Vélodrome. Il a gagné 25 francs. Il est aux anges ! Je lui ai formellement promis de le faire ravitailler dans les contrôles à partir d'aujourd'hui. Il se confond en remerciements. Son maillot *Labor* ayant pris l'aspect d'une véritable cotte de charbonnier, je lui ai échangé pour un neuf. Il me bénit.

En résumé, pris d'une immense pitié, je l'aide dans la mesure du possible. Votre représentant de Morlaix, M. Kergoat vous en sera certainement reconnaissant.

Et qui sait quand nous arriverons là-bas, si les Morlaisiens ne nous jetteront pas des fleurs ?

C'est Le Bars qui le dit.

F. FABER

La révélation du *Tour de France* 1907
sur Bicyclette **LABOR**
(Pneus Dunlop).

XI

Toulouse, 23 juillet 1907.

Grand-Hôtel de l'Europe et du Midi.
(3 heures soir).

MON CHER DIRECTEUR,

Que vais-je bien vous dire aujourd'hui au début de cette conversation ? Sans doute, ce que je vous écris chaque jour : que nous luttons tous avec une sauvage énergie, sans la moindre défaillance.

Hier encore, nos trois hommes se sont bien comportés. Selon son invariable habitude, Faber a lutté comme un démon. Pris de vitesse au début, il a dû couvrir 250 kilomètres en compagnie de quatre hommes auxquels il a constamment mené le train.

Il a fait cela, tout simplement, sans effort, le sourire aux lèvres, malgré un vent épouvantable. A l'arrivée, il s'est détaché à 200 mètres de la ligne, dans un « rusch » splendide, pour battre nettement ses quatre adversaires.

Comme toujours, notre « lion » n'est pas fatigué. Il conserve aussi son formidable appétit et c'est un véritable plaisir de le voir dévorer.

Cet homme-là a toujours un boyau vide ! Quel coup de fourchette !

Ringeval, qui ces jours-ci semblait revenu à la vie, a été quelque peu éprouvé par les suites de sa chute de Nîmes. Cependant, il allait à merveille hier, quand soudain, dix kilomètres après Montpellier, Van Houwaërt, toujours malheureux et toujours maladroit, le fit tomber à nouveau. Une fois de plus « Tintin » s'est relevé, assez fortement contusionné. Les genoux surtout ont été fortement touchés — le gauche principalement. Il eut, malgré cela, le courage de terminer l'étape. Sitôt son arrivée, j'ai fait l'infirmier et aujourd'hui un mieux sensible s'est produit. Il repartira donc, pas très solide, mais cependant capable de bien marcher.

Maitron a été victime de ses continuelles imprudences. En effet, lui qui n'est déjà pas très solide, n'avait pas dîné la veille du départ, presque rien absorbé non plus avant de se mettre en route et son estomac, paraît-il, refusait aussi toute alimentation durant la course.

Je suis enchanté de ce résultat, non pas pour lui, moins encore pour vous, mais pour le principe. J'espère, en effet, que cela lui mettra un peu de plomb dans la tête et que, à l'avenir, je n'aurai pas à discuter pendant des heures pour qu'il consente à suivre le régime tout comme ses camarades.

Cette fois, ça y est ! La pièce est jouée ! Petit-Breton devient imbattable sans accident. Pour la seconde place des poinçonnées, Faber n'est pas plus battable que Petit-Breton pour la première.

Aujourd'hui, les organisateurs, les coureurs et managers étaient conviés d'assister à un banquet d'honneur offert par les sportsmen toulousains. Comme d'habitude, nous sommes tous restés à l'hôtel. Ça n'est pas, croyez-le bien, par esprit de contradiction, mais tout simplement pour éviter à nos hommes des excès qui pourraient leur être nuisibles.

Notre abstention est d'autant plus sage que, sauf Faber, les deux autres commencent à être très sérieusement éprouvés. J'avais du reste prévenu les organisateurs hier et ils ne pourront certes pas nous accuser d'incorrection.

Comme le veau d'or, Le Bars est toujours debout !

Il maigrit à vue d'œil et arrive toujours harassé de fatigue ; sur son visage de cire, on ne remarque que deux grands yeux qui lancent des éclairs, absolument comme si cet infernal Breton avait une tempête sous le crâne.

— Eh bien ! Le Bars, lui ai-je dit, Morlaix approche, plus qu'un petit millier de kilomètres ?

— Oui, Monsieur, me répondit-il, ça se tire... et puis il n'y a plus beaucoup de côtes... Maintenant ça va aller tout seul !

Ce Breton est à la fois impayable et indomptable.

La Compagnie du Midi a démoli, hier, notre caisse à pneumatiques ainsi que mon sac de voyage. J'ai fait constater les dégâts, et l'Administration a requis un spécialiste qui va immédiatement effectuer les réparations.

Aïe donc les frais !... Pour la Compagnie du Midi, cette fois !

Le représentant de la *Labor* à Toulouse, M. Miquel, a battu le record de l'amabilité. Charmant, cordial, dévoué, tout cela chez lui est d'un naturel empreint d'une grande simplicité.

Je n'ai plus rien à vous communiquer aujourd'hui, si ce n'est que la chaleur est toujours accablante et que j'ai — devinez quoi, je vous le donne en mille ? — ... des douleurs aux pieds, Monsieur !

Je ne puis cependant pas me faire masser, moi aussi ! Surtout me faire masser les pieds, car je suis tout ce qu'il y a de plus chatouilleux !

Et sur ce... au revoir, Monsieur !

XII

Bayonne, 25 juillet 1907.

Hôtel d'Espagne.

(2 heures soir).

MON CHER DIRECTEUR,

Faber 15e !... Ringeval 23e !... Maîtron 24e !... dans l'étape Toulouse-Bayonne. Quel piteux résultat !

Et cependant, il n'y a, croyez-le bien, aucun reproche à leur faire. Toujours guignard depuis quelque temps, Faber a « crevé » deux fois et a dû aussi couvrir 180 kilomètres, blessé par la selle. Notre « lion » est arrivé ayant... l'assiette plutôt endommagée. Il a horriblement souffert, mais quand même son état général est satisfaisant.

A nouveau, je me suis déguisé en infirmier, empruntant pour cela le tablier du valet de chambre de l'hôtel. J'ai réparé comme j'ai pu... l'assiette détériorée. Et aujourd'hui, l'enfant de Colombes est de nouveau vaillant.

Ringeval, lui aussi, a souffert de ses blessures. Mais les soins dévoués dont nous l'entourons à chaque arrivée font qu'une sensible amélioration se manifeste. Bientôt ses plaies seront cicatrisées

BIBLIOTHÈQUE NATIONALE R.F. IMPRIMÉS

et d'ici peu l'homme va recouvrer tous ses moyens.

Quant à Maitron, les crampes d'estomac continuent à le tarabuster. Le « charcutier de Nevers » ne peut rien absorber, pas plus à l'étape qu'en cours de route ; constamment il est aussi sujet à des vomissements. J'ai tout essayé pour les enrayer ; rien n'y fait. C'est désespérant.

De plus, — et ceci dit sans parti-pris, — Maitron ne me paraît pas très énergique. En termes de métier, il n'a pas le « cœur bien accroché ». Il n'a pas cette énergie des Faber, des Ringeval, voire même du « Tout-Petit » Ménager. C'est un bon et brave petit coureur, dont le tempérament n'est pas assez solide pour devenir une étoile et qui, de plus, a un caractère si autoritaire qu'il est absolument impossible de tomber d'accord avec lui. A franchement parler, je suis las de lutter ; et maintenant, je le laisse donc faire tout ce que bon lui semble, mais je décline aussi toute responsabilité à son sujet.

Vous avez dû apprendre par l'*Auto* l'incident G... Ce dernier aurait, paraît-il, changé de machine en cours de route avec un de ses concurrents et cela en pleine nuit, à trente kilomètres du départ de Toulouse.

Les commissaires de la course font une enquête sérieuse. Demain nous en connaîtrons les résultats.

Je suis navré d'avoir à vous apprendre que notre soigneur-mécanicien X... devient insupportable. C'est un paresseux. Il se croit beau, il est un

— Pour M. Baugé, directeur sportif de la marque *Labor*....
— Ah ! le jeune homme.... qu'est-ce qu'il me laisse tomber !

peu bête, il est profondément épicier, pas débrouillard pour un sou : c'est le sublime du genre.

Ce monsieur est parti aujourd'hui, à 1 h. 35, pour assurer le ravitaillement au contrôle de Casteljaloux. Il a laissé tout le matériel à la débandade et je me propose de lui passer demain, à Bordeaux, un de ces « schampoing » dont il se souviendra. C'est un fainéant, un lâche presque, dont le cœur ne dépasse pas le gilet de flanelle.

J'ai reçu votre envoi de fonds. Sacrédié ! mon portefeuille est gras comme un moine.

Dans mes dernières lettres, j'ai toujours oublié de vous féliciter sur les résultats de la course Paris-Dijon. Les cinq premiers sur *Labor* (pneus Dunlop). Peste, Monsieur, c'est de « la belle ouvrage » !

Le vainqueur : Sabattier, est un champion.

Quant à l'organisateur de la victoire, mon bon camarade Gaston Rochegude, je le félicite sans réserve. Ce triomphe sans précédent nous prouve qu'avec lui : *ça marche royalement !*

J'ai dans la main — non pas un poil, croyez bien, — mais une plume effroyable et voilà la cause de cet infect gribouillage que je vous sais gré d'avoir eu la patience de déchiffrer jusqu'au bout.

———⁂———

XIII

Bordeaux, 27 juillet 1907.

Hôtel des Américains.
(4 heures 1/2 soir).

Eh bien ! que dites-vous de cela, Monsieur de Clèves ? Auriez-vous, en effet, jamais supposé un cinquième de seconde que l'intérêt du « Tour de France » se réduirait à un match Faber-Beaugendre ?

En vérité, ce serait comique, si tout d'abord ça n'était navrant de voir la plus gigantesque épreuve sur route se terminer ainsi à 1,500 kilomètres de l'arrivée. C'est profondément regrettable.

Au fond, certaine maison a peut-être eu tort de prendre la chose au tragique, attendu que le bruit court ici que les commissaires de l'épreuve ont décidé de déclasser G... Toutefois, il est bien certain que ces derniers, qui devaient se montrer d'une exceptionnelle sévérité ont peut-être eu tort de tergiverser et de ne pas appliquer immédiatement le règlement à Bayonne. Il est probable que si l'on eût agi ainsi vingt-quatre heures plus tôt, le team X... n'aurait eu aucune raison de décliner la lutte.

Ce coup de théâtre inattendu assure définitivement la victoire à la maison P... dans les deux catégories. En effet, n'ayant plus rien à craindre du côté vitesse, ce « Team » marche la main dans la main — ou plutôt roue dans roue — avec un ensemble admirable. Aussi, Faber, qui leur fit quelquefois tirer la langue à tous, est particulièrement visé, et chacun s'ingénie à le « déposer », suivant la pittoresque expression du brave Passerieu, dès les premiers kilomètres.

Au fond, ça n'a pas grande importance, puisque Faber se « colle » aussi bien 200 kilomètres en tête — comme hier par exemple — avec la même facilité qu'il suit dans un peloton. En résumé, cette tactique ne nous coûte qu'un bifteck de *deux livres* en supplément.

Aïe donc les frais !

Beaugendre le menace terriblement. Hier, j'ai eu la forte émotion, car durant tout le parcours, je me suis demandé si mon colosse aurait raison à l'emballage de l'énigmatique champion de Salbris ? Or, bien qu'ayant constamment mené le train, notre grand « lion » conserva facilement l'avantage sur lui dans le déboulé final.

Maintenant la lutte va continuer plus ardente encore. Les « leaders » doivent certainement avoir la généreuse idée de seconder leur camarade Beaugendre ; mais, de mon côté, j'ai fait la leçon à Faber. L'homme est sur ses gardes et, sauf crevaisons de pneu ou chutes, ce n'est pas l'enfant de la Sologne qui aura l'honneur de le « déposer », d'autant plus que les étapes à venir comportent quelques côtes qui ne conviennent précisément pas au genre de beauté de ce dernier.

Ringeval a fait hier une course excellente. La route, il est vrai, était idéale, extrêmement roulante, sans la moindre côte, mais si l'on tient compte de l'état de ses pauvres genoux déchirés, il faut convenir que l'homme a fait preuve d'un courage admirable. Aujourd'hui, ses plaies étaient dans un tel état d'inflammation que je n'ai pas hésité un seul instant à mander un docteur. J'ai eu la bonne fortune de tomber sur le docteur du Magny, qui ne se contente pas d'être un chirurgien éminent ; c'est aussi un homme simple, d'une extrême affabilité.

Les blessures de Ringeval sont pansées avec une pommade spéciale, dont la composition est due au docteur du Magny, laquelle, dit-il, va nous donner des résultats extraordinaires.

Le bon docteur a aussi ausculté Maitron. Un régime sévère s'impose : on le nourrira dorénavant au lait-Vichy.

Maigre repas pour un Tour de France !

Quant à Faber, son coffre d'acier n'a pas d'histoire. Cet homme-là est inlassable. Un point c'est tout.

Les machines se comportent aussi brillamment que les hommes. C'est tout dire.

Ce soir, je sonnerai le réveil à 11 heures 45. Le départ a lieu à 2 heures du matin, aux Quatre-Pavillons, et les coureurs doivent remplir diverses formalités au café Montesquieu avant de se rendre en haut de la côte de Cénon. Il est 6 heures. Messieurs les coureurs dînent. A 7 heures 30 ils seront couchés ; mais je suis navré, car ils n'auront que quatre heures à reposer. Impossible d'éviter cela.

Depuis quelques jours déjà, l'idée m'est venue d'aller faire une ronde dans les chambres, trois ou quatre heures environ après que j'ai sonné l'extinction des feux. Bien m'en a pris, car j'ai pu constater que l'on dormait fenêtres grandes ouvertes, oreillers sur le plancher, draps hors du lit et chemises trempées de sueur.

Immédiatement je fais remettre tout en place, donne l'ordre de changer les draps et oblige aussi les hommes à changer de linge. Cette utile précaution évitera des suites fâcheuses à mes turbulents dormeurs.

Tout comme il y a deux mois, à la veille de Bordeaux-Paris, votre représentant, M. Rochet, nous a encore une fois traités en véritables enfants gâtés.

Je vais terminer là mon journal quotidien, sans oublier de vous dire mille choses aimables de la part de Maurice Martin, qui fit, hier, le voyage avec nous de Bayonne à Bordeaux, en qualité d'envoyé spécial de la *Petite Gironde*.

Je vous serre franchement les deux mains. Nos hommes me prient de vous adresser aussi tous leurs remerciements pour les bons soins que vous nous chargez de leur donner.

XIV

Nantes, 29 juillet 1907.

Hôtel de France.
(4 heures 1/2 soir).

MON CHER DIRECTEUR,

Enfin ! nous avons laissé à Nîmes les moustiques qui nous rongeaient la peau ; à Toulouse, les puces qui nous dévoraient ; à Bordeaux, les coiffeurs à 0 fr. 50 la barbe et les cafetiers qui nous comptaient 1 fr. 50 la demi-bouteille de stout !

Nous sommes aussi sortis des griffes de ces hôteliers qui attendent les voyageurs avec une « mitrailleuse Maxim's » et de cette troupe de mendiants qui, déguisés en domestiques, surgissent de tous côtés pour solliciter un pourboire, à moins qu'ils ne laissent sur les lits une énorme feuille de papier sur laquelle on lit une phrase ainsi conçue :

« C'est moi qui m'a occupé de vous, et par rapport que je me couche ce soir à 8 heures, j' serai pas là quand vous partirez pour mon pourboire. Donnez ça à la caisse s. v. p. »

Ces domestiques sont admirables.

Mais revenons à nos moutons, ou du moins à nos coureurs.

Ringeval, vous avez dû le lire dans l'*Auto*, s'est complètement réhabilité hier. Le courageux « Tintin » souffre toujours de ses blessures, mais le traitement du docteur du Magny a été souverain, car c'est grâce à cela qu'il a pu rester dans le second peloton, jusqu'à l'arrivée.

Faber, lui aussi, faisait partie de ce groupe. Malheureusement, vers le 300e kilomètre, notre « lion » vint en contact... avec une poule. Surpris par cet obstacle imprévu, il fit une cabriole formidable. Résultat : les deux genoux écorchés, une blessure à la cuisse gauche et une à la main droite.

Satanée poule qui s'amuse à terrasser un « lion » ! Voilà qui sort de l'ordinaire.

Quarante kilomètres plus loin, alors que, étant évidemment décollé du second peloton, il roulait de concert avec Privat, lequel, toujours blessé depuis Roubaix, « ramait » consciencieusement, crac ! une voiture vint se mettre en travers de la route. Les deux coureurs embardèrent et, naturellement, Faber toucha la roue de Privat. Patatras ! nouvelle chute ! nouvelles écorchures !

Privat en a conclu que Faber « jouait bien la série ».

Maitron est au bout de son rouleau. J'ai tenté l'impossible pour le remettre d'aplomb, mais j'estime qu'il serait plus sage de donner une suite favorable à la dépêche que je vous ai adressée et dont j'attends la réponse. En effet, Maitron est bien fatigué et il serait préférable qu'il abandonne ici.

PRIVAT. — Tu joues bien la série, mon vieux Faber !

Il fait toujours une chaleur atroce, aussi je redouble de vigilance envers mes hommes et, en ce moment, je vous écris dans la chambre où tous deux reposent sur leur lit en lisant les journaux.

« Cézig » veille !

Le Bars est encore debout ! Pour lui, le lendemain ramène toujours un rayon de soleil et d'espérance. C'est un véritable squelette ambulant, qui fait peine à voir par moments. Sa performance prouve une fois de plus que la course cycliste de fond est surtout un sport de volonté.

En résumé, voulez-vous que je vous dise ce qu'est Le Bars ?

Eh bien ! tout simplement un Petit Breton (sans jeu de mots) mais un Petit Breton qui, s'il a la volonté de celui-ci, n'en possède malheureusement pas les aptitudes. Et c'est vraiment dommage pour la *Labor* et la *Dunlop*. Sans quoi !...

J'ai le plaisir de vous informer que l'illustre Faber a reçu plus de *300 lettres* depuis le départ. C'est inimaginable. Je dois vous dire que, de son côté, il expédie un volumineux courrier tous les jours.

Aïe donc les affaires !

Encore un accident à vous signaler. Le portefeuille est à nouveau sur la jante ! Oh ! mais tout ce qu'il y a de plus à plat. Vite, adressez-moi de ce « *bon métal* » à Brest. Je ne sais pas encore où nous descendrons, mais je vous enverrai notre adresse demain par dépêche, de façon que votre lettre parte par le dernier courrier de mardi.

Les machines sont toujours en bon état, malgré

les chutes et le travail formidable qu'on leur a demandé. Y a pas à dire : *La classe parle !*

M. Choblet, votre représentant, chez lequel les bicyclettes de nos coureurs étaient exposées, a vu, pendant vingt-quatre heures, son magasin envahi par une foule avide de contempler les *Labor* poinçonnées.

Je ne peux mieux faire que de terminer sur cette constatation. De Brest, mon avant-dernière lettre et, en attendant, un vigoureux *shake-hand* de

Votre dévoué.

XV

Brest, 31 juillet 1907.

Dans un Café,
(2 heures soir).

MON CHER DIRECTEUR,

Nous voici à Brest. Plus que 850 kilomètres ! Une misère !

Aujourd'hui j'ai, par hasard, un peu plus le temps que d'ordinaire de philosopher avec vous. Je me sens aussi une plume indomptable. Et si j'osais, j'en écrirais dix pages, mais, hélas ! pressé par les affaires, vous avez si peu le temps de me lire !

Depuis quinze ans que je roule ma « bosse » un peu partout, c'est la première fois que je stationne dans un port de guerre.

Or, à vrai dire, je ne m'imaginais pas Brest tel qu'il est. Ah ! Monsieur ! quel bruit ! quel grouillement dans cette ville, avec ses tramways qui tiennent toute la chaussée, ces hôtels 1830, ces soldats de toutes armes, et ses rues qui descendent toujours !

Pour l'instant, je suis au Café, attablé en face d'un moka... chicorée que je n'ose pas déguster, et obligé d'écrire avec une plume rouillée, sur du papier à chandelle, comme vous devez en juger.

Néanmoins, cela ne m'empêchera pas de vous dire que nos deux « rescapés » Faber et Ringeval font toujours preuve d'une admirable énergie pour continuer à rouler ainsi, blessés comme ils le sont.

Je tente, d'ailleurs, l'impossible pour atténuer leurs souffrances. Trois fois par jour, M. Jeanne et moi faisons les infirmiers pour panser leur plaies sanguinolentes. Malheureusement, la guérison ne saurait être rapide, puisque toutes les 24 heures, le « starter » Abran, impitoyable, appelle sous ces ordres ces nouveaux martyrs de la route.

Ce qui m'agace dans cette douloureuse circonstance (douloureuse n'est pas de trop !) c'est l'absence de confraternité de certains adversaires à leur égard. Certes, j'admets que, en course, toutes les gracieusetés entre concurrents doivent être laissées de côté. Toutefois, quand on a la partie aussi belle, je dirai même gagnée, il serait chevaleresque de se montrer beau joueur envers des camarades qui, blessés, ne sont donc, par conséquent, plus à même de soutenir une lutte acharnée.

Ringeval a résisté merveilleusement à toutes les tentatives de démarrage, et ce n'est qu'une stupide crevaison de pneu qui lui fit perdre définitivement contact avec le peloton de tête au 80e kilomètre.

Après avoir changé de boyau, le brave « Tintin », pris d'une rage folle, se mit à pousser désespérément pour rejoindre le second peloton qui l'avait passé tandis qu'il réparait... Quelques kilomètres avant Vannes, les fugitifs étaient rattrapés...

Faber, épuisé par une souffrance continuelle, a été lâché dès le départ de Nantes et fût contrôlé 30e dans cette ville. Quel désastre !

Cependant, l'un et l'autre améliorèrent quand même leur classement, puisque Ringeval prit la 10e place à l'arrivée et Faber la treizième. Je suis désolé, car notre « lion » est maintenant dead-heat avec Beaugendre pour la seconde place des « poinçonnées ». J'espère encore que dans l'étape de demain il reprendra l'avantage sur ce dernier, attendu que le parcours est des plus durs, les côtes se succédant presque sans interruption.

Avez-vous remarqué que les journaux sportifs me font passer pour le type le plus « rigolo » (rien du coureur Cornet) qu'il y ait dans le « Tour de France » ? A lire ces curieux détails, vous penserez peut-être que mes joies sont sans limite et que je songe sans doute plus à rire qu'à m'occuper sérieusement de mon affaire ?

Mais vous me connaissez bien, vous savez que je n'ai pas le caractère à engendrer la mélancolie et que, même dans les moments les plus critiques, je conserve ce fond d'inaltérable gaîté qui fut toujours l'apanage de cette vieille « branche » des « Cézig », dont je suis, je crois, le dernier survivant.

Encore une branche qui s'éteint !

D'autre part, dans l'état moral et physique où se trouvent mes deux pauvres petits gars, j'imagine qu'il est indispensable de m'ingénier à mettre un peu de gaîté dans leur cerveau brûlé par le soleil et lavé par les averses.

Alors, tandis que je panse leurs blessures, et aussi pendant les repas, je leur raconte une foule d'histoires invraisemblables.

Je les amuse follement, par exemple, avec les aventures de la Princesse Russe Pata-Ouschnerf, qui se brûla les yeux au fond d'un puits avec une chandelle de bois, par désespoir d'amour. Je leur conte aussi que, au temps de ma jeunesse, étant souvent aux prises avec le vent de l'adversité, je devais me rendre aux Halles centrales, tous les matins, à 2 heures 1/2, pour « *friser la chicorée* » ! Travail artistique s'il en fut.

Je leur rappelle aussi un souvenir bien douloureux. En effet, fils de parents très riches, ces derniers avaient été soudain ruinés à la suite de la catastrophe suivante. Etablis marchands de pommes frites, un incendie s'étant déclaré dans leur poêle, leur fonds avait brûlé !...

Ça, c'est une vraie calamité.

Je leur dis aussi que, avant d'être directeur sportif (saluez, messeigneurs !) j'étais coureur cycliste et, bien avant cela encore, j'étais considéré comme un acrobate de valeur pour avoir le premier, à l'Empire-Théâtre *de Casablanca*, dansé la gigue sur un morceau de gruyère sans mettre les pieds dans les trous !

Mon audace était légendaire, car je travaillais toujours sans filet !

J'appelle aussi toute leur attention sur le récit

de mes souvenirs de baryton, et sur mon désespoir atroce lorsque firent faillite *l'usine de copeaux* et la *fabrique de mouron* que j'avais installées dans les sous-sols de l'ancien Vélodrome Buffalo !

Ah ! tout n'est pas rose dans les affaires !

En résumé, je pense un peu comme le directeur de l'*Auto*, qui écrivait l'autre jour : « *Une pinte de bon sang, ça refait un homme !* »

Le Bars est dans tous ses états. C'est demain, en effet, que nous passerons à Morlaix ! Il est venu me voir à l'hôtel pour me demander un maillot *Labor* tout flambant neuf. J'ai acquiescé à son désir. Il l'a endossé immédiatement.

Je le vois encore, debout, se regardant dans la glace. La joie se lisait sur son visage. Il se tenait droit comme un cierge.

C'est une grande chose !

Je n'ai plus de papier... Au revoir, Monsieur. Bon souvenir à toute la maisonnée *Labor*.

P.-S. — Mille choses aimables de la part de votre agent M. Nault, qui, avec une bonne grâce charmante, a mis tout son personnel à notre disposition pour nous seconder.

Le

Tour de France 1907

a été gagné par

PETIT-BRETON

sur Pneumatique

DUNLOP

Cie Française des Pneumatiques Dunlop

14, Rue Piccini. — PARIS

XVI

Caen, 2 août 1907.

(Fête de saint Alphonse.)
Hôtel Moderne,
(4 heures 1/2 soir).

MON CHER DIRECTEUR,

« J'étais un bon blé, la chance m'a manqué... Les cailloux m'ont reçu et les chutes m'ont dispersé ! »

Voilà, cher directeur, ce qu'auraient pu dire aujourd'hui chacun de nos vaillants coureurs Ringeval et Faber.

Tous deux, je vous l'affirme, ont fait preuve, hier, d'un courage que je n'hésite pas à qualifier d'héroïque. Faber, tout particulièrement, a reculé jusque dans les dernières limites tout ce que peut donner une volonté surhumaine.

Imaginez-vous, en effet, qu'à six kilomètres du départ, en pleine nuit, sous un ciel d'encre, Faber fit une chute terrible. Le choc fut d'une violence inouïe. La machine avait énormément souffert.

Et, dans cette nuit profonde, simplement éclairé par la lueur blafarde du lampion d'un cycliste qui regagnait Brest, notre grand « lion », très calme, à froid, posément, remit sa machine poinçonnée en état. Quand il reprit sa route, les autres avaient fui... Vingt kilomètres au moins le séparaient du peloton de tête.

Malgré tout son courage, il ne put combler ce retard et, seul, il couvrit 400 kilomètres !...

Un travail aussi pénible ne s'appelle pas une performance. C'est mieux encore : *C'est un exploit !*

La guigne poursuivit aussi le courageux Ringeval. Une crevaison le mit hors de combat alors qu'il se promenait littéralement dans le peloton de tête, aux environs de Landivisiau. Rapidement, il changeait de boyau et, après une chasse héroïque de 80 kilomètres, mon « enfant gâté » reprenait contact avec le premier groupe.

Mais, décidément, la fatalité s'acharnait contre nous ; cinq kilomètres plus loin, une chute le mettait à nouveau hors de course.

Cette fois la bataille était terminée.

Le Bars s'est révélé invraisemblable. Il y est passé, à Morlaix. Et savez-vous comment ?

A deux minutes derrière le peloton de tête !

Quand je pense à l'énergie qu'il a dû déployer pour se maintenir dans un si bon rang, franchement, la cervelle me danse dans le crâne.

Ses compatriotes lui firent une ovation qui dépasse tout ce que l'on peut imaginer. Sur la route, des banderolles lumineuses avec des « *Vive Le Bars !* » rayonnaient dans la nuit noire.

Au contrôle, la foule hurla de joie, en applaudissant. C'était pour Le Bars la juste récompense d'un labeur acharné et de souffrances silencieusement supportées.

En présence d'un tel délire, je songe que, peut-être, d'enragés sportsmen proposeront de le tailler en marbre ou de le couler en bronze pour l'immortaliser dans la mémoire des Morlaisiens.

Cette nuit fut grandiose. La foule admira la machine sans oublier l'homme. Votre représentant de Morlaix, M. Kergoat, a vécu là des minutes inoubliables.

J'ai eu le très grand plaisir de lier connaissance avec MM. Haimet et Gouget. On ne saurait être véritablement plus aimable que le furent vos sympathiques représentants ; leur bonté n'a d'égale que l'exquise simplicité avec laquelle ils nous accueillirent durant les quarante-huit heures que nous avons passées à Caen.

Et maintenant, c'est fini ! Je vais clore ici la série des « Lettres à mon Directeur ».

A mon retour à Paris, nous causerons bien longtemps de cette formidable randonnée, car, malgré tout, dans mes lettres, il y avait encore beaucoup de pensées entre une ligne et l'autre, et ce que je sentais le mieux est probablement resté flottant sur le blanc du papier.

A dimanche ! au Vélodrome du Parc des Princes.

FIN

"MAJOR TAYLOR"

PAR

Paul HAMELLE & Robert COQUELLE

100 Pages de lecture
50 Portraits et Dessins inédits

"MAJOR TAYLOR"

Ses Débuts, Sa Carrière, Ses Aventures

Suivis de Conseils d'Entraînement par ZIMMERMAN

PRIX : 1 Fr. 50

Pour recevoir **"Major Taylor"** *par la poste, adresser 1 fr. 70 en mandat ou timbres à l'Administration du*

VÉLODROME BUFFALO (Neuilly-sur-Seine)

Table des Matières

BIBLIOTHÈQUE NATIONALE RF IMPRIMÉS

IMPRIMERIE MOULLOT

MARSEILLE - PARIS

www.ingramcontent.com/pod-product-compliance
Ingram Content Group UK Ltd.
Pitfield, Milton Keynes, MK11 3LW, UK
UKHW012236240726
13966UKWH00003B/1118

9 782011 928719